Kuddl Schnack seggt Moin Moin!

Gerhard Edens

Kuddl Schnack
seggt
Moin Moin !

Bibliografische Information der Deutschen Nationalbibliothek:
Die Deutsche Nationalbibliothek verzeichnet diese Publikation in der Deutschen Nationalbibliografie; detaillierte bibliografische Daten sind im Internet über
< http://dnb.d-nb.de > abrufbar.

Satz, Umschlagdesign, Herstellung und Verlag: Books on Demand GmbH, Norderstedt
ISBN-10: 3-8334-5468-7
ISBN-13: 978-3-8334-5468-4

INHALTSVERZEICHNIS

VORWORT

Hier kümmt dat nüe *Kuddl Schnack-Book* op Se to,
leve Leserinnen un Leser!

„*Kuddl Schnack*“, dat plattdüütsche Originaal, is ja middewiel al „*Kult*“ in Noorddüütschland.

He hett bannig veel beleevt, wieldat he överall sien Nees rinsteken deit.
Un he vertellt Se geern sien Beleevnisse.

Sien Schnacks dreihn sik meerstendeels üm em sülm un sien Fru *Meta*.
Un natüürlich ok üm sien Dackel *Schorschi*.
Un sien Frünn mit ehr Fruuns wüllt wi nich vergeten.

Veel Spaß bi't Lesen! Kuddl Schnack freut sik op Se!

Gerhard Edens

EEN BETEN WAT VUN SINNEN

In de dägliche Levenskamp hüüttodaags mutt man ümmer oppassen, dat man ok jo sien fief Sinns op 'n Dutt behöllt. Ik do dat ok.

Meta behauptet sogor, ik wöör *söss* dorvun hem. Neven mien *Ogen*, dat *Gehöör*, dat *Geföhl*, de *Rüüksinn* un de *Smacksinn* keem bi mi noch de Unsinn hento! – Na wenn ok. Dor kannst du ja mennigmol 'n Barg mit opstelln!

Wenn du allerdings nich richtig kieken kannst, denn kriggst du dat ünner Ümstänn mit 'n harte *Geföhl* to doon, vör dat di hööchstens een sünnerlich gode Gehöör redden kann, mit dat du viellicht noch rechttiedig de Lanternenpahl höörst, ehr dat du dorgegen rönnen deist!

Mit mien Gehöör geiht dat noch. Man bi unse junge Lüüd is dat nich mehr so wiet her dormit. De Wetenschop hett al rutfunnen, dat een Jungkeerl mit 20 Johr düütlich slechter höört as een Teinjährige. (Düütlich is goot, nich!)

Over de 20jährigen bruukt sik ja nich to wunnern: Bi de Arbeit drääg se dicke Ohrenklappen gegen de Larm, de se denn al op de Weg na Huus utwesseln doot gegen de Minikopphörers mit de Draht na de Büxentasch daal, wor se de, bet an de Stahkragen opdreihte, Musikkassett binn hebbt! Un kuum, dat se to Huus dat Avendbroot vertehrt hem, geiht dat af na de Diskothek, wor se sik denn de Musik mit 120 Dezibel op de Ohren inprügeln laten. Dat is ungefähr so luut as een Düsenjäger, de jüst starten deit!

De Ohren-Dokters seggt: De Industrie stellt de perfekten Middels paraat, üm ut uns een Volk vun Swoorhörigen to moken!

Wenn du denn noch dat Blitzgewitter vun de Lichtörgel dorto nimmst, dat di de letzten Sinne verneveln deit, denn geiht di dat bald so as de Riese Goliath, de hett nämlich de Steen ut *David* sien Sleuder nich kamen sehn, wieldat he sehbehinnert weer!

Dat hett een Dokter vun de *Kieler Uni* rutfunnen. He seggt, Gigantismus kümmt vun een Hormon her, dat een Tumor in de Anhangdrüüs vun de Bregen produzeern deit. Un de dore Tumor, de quetscht nevenbi ok noch de Sehnerv in.

Wokeen över 2-Meter-30 groot is, de is een Gigant. In de Bibel steiht schreven, dat *Goliath söss Ellen un een Handbreet* hooch weer. Ik heff narekend: Dat sünd so bummelig an de *3-Meter-söventig*! – Keen Wunner also, dat de arme Keerl nix mehr sehn hett!

Dor lööv ik mi de Schinesen, de mit dat praktische Sehn ganz anners künnig woorn sünd. Se drückt ehr Höhner eenfach rode Kontaktlinsen op de Ogen, worför de denn veel mehr Eier leggen, wieldat se de Welt nu blots noch rosaroot sehn doot! Rosaroot strakelt nämlich de Seel, jüst so as bi't Ficheln. Weten wi doch all, dat dat een Glücksgeföhl utlösen deit! –

Un dormit sünd wi wedder bi unse *Hypophys*, de nich blots dat Riesenhormon produzeert, sünnern ok noch dat *Glückshormon Oxytocin* utschütten kann.

Vör Glück kannst du lachen orer ok wenen. Un dat deit beides goot. Kann jeedeen mit sien Partner utprobeern, wi hebbt dat ja sotoseggen in de Fingerspitzen! –

Man denn kümmt dat ok noch dorop an, wat di, orer dien Partner, in de Nees stiggt, denn man mutt sien Gegenöver ok „rüken“ könen!

Ik meen nu nich jichtens een Deospray, de hem dor nix mit to doon.

De Düftstoff, op de dat ankümmt, de produzeert jeedeen vun uns sülm, ganz dezent, ünner de Arms un so.

Over wenn dien Partner mit 'nmol to di seggt: „Ik mag di nich mehr rüken!" denn kanns' du ruhig na Huus gahn, denn stinkt em dat, sotoseggen! –

Betähm also dien Geföhl so goot dat geiht un gah in de Kroog. Bestell di een Beer un kiek in de Spiesenkoort rin, viellicht kümmst du denn op de *Gesmack*. Dat is denn de föffte Sinn un de kann mennigmol ok ganz schöön de Seel strakeln.

Op de *sösste Sinn*, der will ik nich wieder op ingahn, – mien Unsinn kennt i ja al! –

SLÖTELBELEVNIS

Meta wull partu mit mi dörch de Wald lopen. „Üm düsse Tiet schüllt dor de Himmelsslötel blöhn un de sünd ümmer so smuck antosehn!“ sä se.

Vun de Weg ut kunn’ wi over keen sehn un so dä ik mien Meta denn de Gefalln un laatsch dwarsbeet mit ehr över Stock un Steen dörch dat Holt. Tweemol bün ik op de Snuut fulln un eenmol bet ant Knee in een Waterlock pedd, blots, üm een eenzige vun düsse Primeln to bewunnern!

„Is se nich smuck?!“ swöögt Meta mit een selige Ogenopslag. „Nu is för mi eerst richtig Fröhjohrstiet!“

As wi na Huus kemen, dor weer bi mi statt Fröhjohrstiet eerstmol Sense!

Bi de Himmelslötelsökerie in dat Holt harr ik mien gode ole Huusdöörslötel verloren! Uns bleev nix anners över, as de Slöteldeenst to bemöhn, dat wi wedder in unse Wahnung rin kemen. Een nüe Slott weer ok noch fällig, wieldat de Klempner dat ole twei mookt harr! Dorför kregen wi nu over een ganz lüttje flacke Slötel, de ik fein redig int Portmanee doon kunn. Un dat verleer ik so licht nich!

Verleern kunn ik allerdings ok nich de Hotelslötel in unse Urlaub. He weer ok man so lütt un flack as unse nüe Huusdöörslötel. Man he hüng noch an een unbannige Holtplock, wor „Hotel Paradies“ op stünn!

Bi’t Wannern weer dat noch keen Problem. In de Rucksack weer noch Platz noog. Over as wi avends mol ton Danzen wulln, dor güng dat Drama los!

Eenfach de Slötel op de Disch liggen laten güng ja nich. Vun wegen de Deeve. Ik also de dore mastige Knaken in de Büxentasch rin stoppt. Dat weer ton Glück een ganz moodsche Büx, wor wegen de Bundfalten noch Platz noog in weer.

Na een Tusch to „Damenwahl“ harr mi een wunnerschöne Daam opfordert, de so richtig schöön in mien Arms leeg. –

Ik wunner mi jüst, worum se mi bi't Danzen so egenoordig ankeek, – dor leet se mi doch eenfach op de Danzfläche stahn! – De twete hett mi sogoor merrn in de Saal een rünnerhaut! Ik wüss gor nich, wat ik seggen schull! –

Denn danzt Meta mit mi un dat güng ganz prima! Blots, as wi wedder an unse Disch kemen, dor müss ik de „Paradiesslötel“ ut de Tasch nehmen un an de Gadroov afgeven, wieldat mien Meta menen dä, mien annern Danzpartnerinnen künnen sik doran stöten! – Un dor is mi ok een Licht opgahn! –

Nahstens int Hotel heff ik de bannige Holtplock afmonteert un int Schapp verstaut, bet dat de Urlaub üm is. Over as ik de lütte Slötel ok noch in mien Portmanee steken wull, dor hett Meta em lever in ehr Tasch daan. „De giff mi man lever“, smustert se, „di truu ik to, dat du unse Huusdöörslötel int Hotel afgiffst un wi naher to Huus mit de Hotelslötel vör unse Wahnung staht! Wi köönt ja nich alle 14 Daag de Slöteldeenst bemöhn!“ –

NO BODY IS PERFEKT – –

Annerletzt, as wi uns dat in de Stuuv son beten kommodig mookt harrn, kiekt mien Meta miteens vun ehr Zeitung hooch un sinneert so half för sik un half för mi: „Wat schenkt wi denn tokamen Week de Lütt to sien Geburtsdag? He ward ja al twee düt Johr!"

Mi füll nix wieder in as Speeltüüch: „Mit twee Johr kann he dor ja al wat mit anfangen."

Meta weer over mehr för dat Praktische. Se meen, 'n beten Tüüch ton Antrecken weer woll dat Richtige, denn dor sünd se ja ümmer so gau wedder rutwussen. Dor weer ik natüürlich ok mit inverstahn. Un so trocken wi denn de neegste Morrn los to Stadt.

Int Koophuus stüürt wi ok foorts op de Wäscheafdelung to, wor so ganz lössig een överut vörnehme Daam stünn, de uns frundlich fragen dä: „Kann ich Ihnen helfen?"

„Ik wull geern son lüttje Hemdbüx hem för uns lütt Enkel, de is twee Johr oolt", sää Meta.

„Aha", sää de vörnehme Verköpersche, „ein Hemdchen" – –

„ – un Büx!" anter Meta foorts.

Unse junge Daam woor nu unseker: „Ein Hemd und eine Hose?" –

„Nee", ward Meta undüllig, „nich und, eenfach blots een Hemdbüx!"

„Meinen Sie vielleicht ein *Shirt* oder ein *Bustier*?" – keem se uns nu op ingelsch, worbi *Bustier* ja over franzöösch weer, dat wüss ik noch vun de School her. Dat is doch blots son lütt kotte Hemd bet even ünner de Rippen, wor wi as Kinner noch 'n poor Strippen an hangen harrn ton Strümp fastmoken. Dat hett domols *Lievchen* heten. Se mutt uns also verkehrt verstahn hem!

„Laat mi mol", segg ik to Meta, de al ganz tüterig weer. Un denn heff ik de Daam mit Hann' un Fööt verklaart, dat wi 'n

Hemd un ’n Büx in een Stück hem wulln, mit ’n grote Klapp achtern, för de Winneln un sowat!

Dor güng de Sünn op in ehr Gesicht! „Nun weiß ich, was Sie wollen!“ strahlt se. „Sie suchen einen *Body* für den Kleinen! Ich begleite Sie in die Kinderabteilung!“ Se heel de Hand vörut, as wenn se seggen wull: „Hier geiht dat lang“, un wi lepen ehr nu na, vörbi an de Afdelung *mens wear* un denn an de Afdelung *for woman*, bet hen na de Eck *for kids*. Un dat allens in een düütsche Koophuus!

„Sooo“, seggt unse Geleitfru, „hier haben wir alles, was unsere *Kids* begehren. Da finden Sie sicher auch ein *Body* für Ihr *Kid*!“

Bi all dat Ingelsch füng bi mi nu over ganz langsam the divel an, mi to rieden un ik fraag de Daam so bilöpig, wat de dore Kids denn woll op Düütsch heten doot.

„Aber das sind doch unsere lieben kleinen Kinder!“ antert se övertüügt.

„Dat stimmt nich ganz“, verklaar ik ehr, „*Kid* is ingelsch un heet op düütsch *Zicklein*!“

„Ach“ –, seggt se blots.

„Ja, echt! Köönt Se mi mol seggen, wat unse lüttjen Göörn mit Ziegen to doon hebbt?“

„Nee“, lacht se dor, „dat kann ik nich!“

Kiek an, de Fru kann ja lachen! Un Platt kann se ok!

„Na ja“, segg ik, „laat uns denn man lever bi *Kids* blieven, dat hööst sik ja doch beter an as de *lüttjen Ziegen*, solang dor nich noch een op de Idee kümmt, *goat* to uns grote Lüüd to seggen. Worbi man dor ja sinnigerwies noch fien ünnerscheden kann twischen *she-goat = de Zieg*, un *he-goat = de Ziegenbuck*!“

„Nu holen Se over op!“ lacht se un is lang nich mehr so vörnehm.

Meta harr middewiel ok een *Body* för unse lütte *Kid* funnen un ik kunn mi dat ja nich verkniepen, bi unse Verköpersche de dore *Body* to reklameern: „Also een Körper, wat ja *Body* heten deit, de hett doch Arms un Been! De dore *Body* hier hett ja over beides nich! Dat is also blots een Torso! Kriggt man de nu wat billiger bi Se?“

„Nee, dat geiht nich“, seggt se snippsch un lacht: „*No Body is perfekt!*“

NAGELPROOV

„Probeern geiht över Studeern", heet dat ja so schöön. Un dat is ok de Wohrheit, denn wokeen köfft woll geern een „Katt in de Sack"! Dat is nu dat tweete Spreekwoort, dat even so wohr is. Over ik will ja nich över Spreekwöör snacken, sünnern över de Tosamenhang vun proberen un studeren.

Kiek mol, de plietschen Studenten an de Uni, de hebbt dat al lang rut. Dorüm studeert se ok nich ümmerlos, sünner mookt twischendörch mol een Kommers. Höört sik doch fein an, nich! Is over nix wieder, as dat se dat Beer pröven doot. Nahstens hebbt se denn een ganze Barg nüe Weten in ehr 'n Kopp inprogrameert, wat ja bi een Student ganz wichtig is.

Over ok een, de nich jüst studeert, de mutt ja ok mol wat probeern, wenn he nich ganz dösig blieven will. Un dorför gifft dat överall int Land de Probeerstuven, wor een sik dat Weten anegen kann.

Kümmst du an de Mosel orer an de Rhien, orer sünstworhen, wor Wien wassen deit, denn kannst du överall in de dore Stuven een Wienproov moken.

Lachst di doot, wenn du de echten Wienkenners dor pröven sühst!

Toeerst mookt se de Ogen to un snüffelt 'n Wiel ant Glas herüm. Denn hebbt se al mol dat ganze *Duft-Bukett* in de Nees, as se seggt. Nu nippt se mit een doodeernste Gesicht een lierlütte Sluck ut dat Glas, blasen de Backen op un schwullern de Wien denn so dörch de Tähn hen un her; se bieten em!

Wenn se em denn endlich daalsluckt hem, denn mookt se foorts de Mund op un smappen mit verdreihte Ogen noch 'n poor mol mit de Tung. Nu eerst hebbt se de ganze vulle Indruck vun de Wiengesmack probeert. Dat is 'n richtige Zeremonie!

De Beerdrinkers, de sünd mit ehr Smeckbeer nich so pingelich. Wenn se ok keen „Duftbukett" ut ehr Beer rutsnüffelt, so hebbt se doch wenigstens een Bloom ut Schuum babenop! Wenn se denn mit son frisch tappte Beer mit ehr Kumpel anstöten doot, seggt se dorüm ok „Proost Bloom"! Na een lange lange Sluck mookt se denn over evenso as de Wienpröver de Mund op un laat een langtrocken „Ahhh" – hören!

Ganz wat anners is ja dat Kaffee- orer Teepröven. Dorto bruukt se keen Probeerstuuv. Dat is mehr son steriele Labor mit luter Lüüd in witte Kittels, de dat ganz profeschonell mookt. Wenn du dat mit ankieken deist, denn kannst du nich jüst Aptiet op Tee dorvun kriegen, wenn de Prövers ut 'n ganze Reeg vun Tassen ut een na de anner 'n Mundvull vun nehmen doot, gedankenvull mit de Blick na baben in sik rinsmecken – un denn allens wedder utspütten!

Denn prööv ik doch lever Wien!

De spütt keeneen wedder ut. – Wenn he nich ut Versehn de Etigbuddel faatkregen hett! –

Dor lööv ik mi ja de Snapsprobeerstuven!

Je mehr dor probeert ward, üm so vergnögter ward dat!

In Bayern weer ik mol mit Meta in son Probeerstuuv för Bärwurzsnaps.

Wieldat wi ja mit de Bus dor weern, kunn' wi ok mit reine Geweten all de veelen Sorten dörchpröven.

Mann oh Mann, wat weern wi naher duun! Mit de Tiet kunnen wi gor nich mehr sehn, wat dor noch wat int Glas bin weer!

Over för de dore Fall hett man ja de Nagelproov erfunnen: Du steekst eenfach de Finger int Glas un wenn de Fingernagel nich mehr natt ward, denn is dat Glas lerrig!

Probeern geiht even över Studeern!

ARBEITSETEN

„Na“, seggt Oskar nüülich to mi, „hest du ok ’n Inladung kregen to ’n Arbeitseten?“

„Ja“, segg ik, „heff ik kregen!“

„Dor ward doch sachts wedder nich veel mehr as hitte Luft bi rutkomen“, räsoneer Oskar. Ik geef em Recht: „Wat wullt du bi Arfensupp ok anners verlangen!“ Over vun wegen Arfensupp! – Dat keem ganz anners! –

Wi harrn ja meent, dat dat een ganz gewöhnliche Verbandsversammlung weer.

Over al dor, as wi bi de vörnehme Kroog in de Stadt to Döör rinkemen, dor woorn wi ja foorts all de Lüüd in dat feine Schapptüüch wies! Oskar tuck torüch un kiekt mi vun boven bet nerrn an un ik datsülvige bi em. „Meenst du, dat wi hier richtig sünd?“ –

Over dat weern wi woll, denn anners harrn wi ja nich so veel Bekannten bemött, de uns so sünnerbor ankeken. De een fraagt sogor, wat wi woll uns Schapptüüch jüst in de Waschköök harrn! Dat weer ja ’n Frechheit!

Oskar seggt noch gau: „Ik wull ja egentlich blots wegen de Swien –“ Over de anner lacht man blots un güng af. Sowat ok! – Wi harrn doch nich de Swienfoderkledaasch an! Over man ok nich dat Schapptüüch! – Na, eendoont, wi also rin in de Saal.

An de Döör fangt uns de Kellner af. Ok he mit ’n fierliche Swulkensteert ant Lief: „Darf ich bitte die Einladung sehn?“

Un denn keek he sik de Koorten an un denn keek he sik uns an. – – „Bitte sehr die Herrn!“ mookt he son günnerhaftige Handbewegung un bringt uns denn to Platz an een vun de langen Dischen.

Düvel ok, wat weer dat een Staat! Ik seet ganz benaut vör de blanke sülvern Töller mit de smucke Serviett dorop. Linker

Hand twee Gaveln un dree Lepels, op de anner Siet twee Messern un dree Glöös; groten un lütten. Un merrn op de Disch Blomen so fein, as wi se dat ganze Johr nich in de Goorn hebbt! –

Oskar schuult vörsichtig to Siet na de Navers röver, denn he wüss sachts ok nich, wat he mit all dat Warktüüch anfangen schull.

De Kellner keem mit 'n Buddel, de he mit 'n Serviett anfaten dä. Viellicht harr se ja al so lang in de schietige Keller legen. „Möchten Sie einen Sherry? Medium oder dry?" heel he uns de Buddel vör de Nees. – „Nee, dree sünd mi to veel, over een kann ik ja mol pröven!" seggt Oskar un höllt em een vun sien dree Glöös hen. De Kellner lacht son beten achtern in de Hals: „Das ist das falsche, mein Herr. Nehmen wir doch lieber dieses hier!" un goot em een vun de annern half vull. He weer noch dorbi, ok mi een Glas intogeten, dor harr Oskar al „Prost" seggt un sien Sherry mit een Sluck achter de Binn kippt. De Ober schütt' son beten mit de Kopp un wull em dat Glas wedder vull moken, over Oskar schüttkoppt ok un seggt: „Nee, de is mi to sööt!" Un denn meen he woll, dat he ok mol wat to sien Naver op de anner Siet seggen müss: „Ik wull ja egentlich blots wegen de Swien – –„

„Och wat", seggt de anner, „dat is noch to fröh. De Swien kaamt naher!" un wiest denn na vörn op dat Rednerpult, wor nu een Keerl mit 'n gollen Brill stünn un mit 'n Bliefedder an sien Glas klingeln dä.

„Wokeen is dat denn?" fraagt Oskar.

„Dat is de Herr Dokter, de uns inlaadt hett!" kloort de Naver em op.

De mit de gollen Brill böört nu sien Glas in de Hööcht un begrööt „all de leven Lüüd in de Saal" mit feine hoochdüütsche Snack un meen, dat he uns woll bi't Eten vun dor boven raf een beten wat vertelln wull. – „Denn zum Wohle, meine Herrn!" – All drunken se nu ehr Glas ut. Blots Oskar, de keek in de Röhr. Wat is he ok ümmer so gluupsch mit dat Drinken!

Un denn kemen de Kellners in lange Reeg anmarscheert. In jede Hand een dampende Schötel. Dor trock mit 'nmol een Düft dörch de Saal, – dat weer allens anner, over *keen Arfensupp*! Oskar stook de Nees in de Luft un trock sik dat Odöör in: „Hmm! – Wokeen hett sik dat denn vermoden laten vunmorrns! – Un dorbi wull ik doch man blots wegen de Swien –"

Also sien Swien de güngen mi nu langsom op de Nerven! „Nu laat doch blots mol dien Swien in de Stall!" segg ik to em. „De feine Rüük hier ut de Kóök un dien Swien, de passen doch gor nich tohoop!"

Over denn harr he för de Swien sowieso keen Gedanken mehr över, denn nu hau all de Gratins ut Chicorée, ut Broccoli un Scampis, dat Heekfilee mit Ries un Krüderstipp ut Basilikum, Thymiaan un Knuuvlook un wat dor noch allens an snaaksche Saken op de Zeddel stünn', all dat hau em eerst mol üm!

Twischendörch geev dat een Kööm na de anner to 'n Verdelen un denn Beer to 'n Dalspölen! „Wenn dat man goot geiht!" – heff ik dacht, as mi dat al son beten swiemelig woor in de Kopp!

Dat woor nu ümmer luter un luter in de Saal un de Herr Dokter boven ant Pult kunn dor al gor nich mehr gegenan snacken. He weer al temlich heesch woorn un müss sien Kehl ümmer wedder mit Beer smiedig moken. Wi harrn sowieso keen Woort verstahn, dorför seten wi to wiet vun em af. Over jichtenswat wull de Industrie uns ja verköpen, dat weer kloor.

Un enerwenn schoot Oskar miteens mol wedder hooch un prahl': „Ik wull wegen de Swien mol wat fragen –" Man denn full he wedder op sien Stohl torüüch, wieldat he mit de Kööm in sien Kopp de dore batze Opstand nich so gau hett verkraften kunnt. „Ik heff meent, he harr dor jüst wat vun Swienfoder snackt!“ sä Oskar un nehm denn eerst nochmol ’n Sluck Beer ut sien Glas.

Over nu sleepten de Obers ok noch Soufflés un Crepes herin un to ’n Afsluss geev dat noch Clafoutis mit Plumm un Zwetschenwater! Wi hebbt gor nich wüßt, dat dat sowat överhaupt geven deit! – Dat hett uns Gäst denn ok de Rest geven, dat Zwetschenwater na all de Kööm un dat Beer! –

Wor dat toeerst to luut weer, dor woor dat nu suutsche suutsche liesen! Mennigeen woor nu vun de ole Gewohnheit övermannt, na een rieklich Eten eerstmol to slapen! De veele Spriet de sloog nu vull dörch!

De Herr Dokter vun de Industrie de harr dat ja wiss goot meent, man nu harr he sien Mööh un holen de Lüüd waken! Wat de lieser woorn, dat woor he nu luter un af un an hau he ok mit de Fuust op dat Pult, dat doch so mennig een kort mol wedder hoochschricken dä. Over de Damper weer woll affohrt.

Man wi wüssen ümmer noch nich, för wat wi hier „Arbeitseten“ fiert hebbt!

Na, eendoont, dat Eten is dat weert ween! Blots vun Arbeit is ja nich recht wat vun woorn.

Ik weer ok ’n Wiel indruuselt mit all mien Kööm un Beer in de Kopp. Man as ik wedder opwaken dä, dor weer Oskar weg! Ik funn em int Tante Meier.

Dor stünn he tosomen mit de Herr Dokter vör de Rünn. Beide harrn se sik mit een Hand gegen de Wand afstütt, dat se dor nich rinfalln dän un ünnerhelen sik. – „Egentlich wull ik ja man blots wegen de Swien –“ sä Oskar jüst wedder, over de Herr Dokter leet de Hand vun de Wand loos un winkt af: „Ach wat, Swien! Dat hett Tiet bet laterhenn! Lat uns man eerst noch een kriegen an de Bar!“ Over denn müss he sik gau wedder afstütten, wieldat he sünst doch noch ümfulln weer.

Kiek mol an! De Herr Dokter is ok duun un Plattdüütsch kann he ok! Un denn trocken de beiden Arm in Arm af na de Theek hen.

Un wenn Oskar dor nich vun de Hocker fulln is, denn sitten de beiden wiss noch dor un supen. Viellicht kann he sien Swien ja doch noch mit anbringen!

KRUMME JUNGS IN' EURO-LOOK

Wenn du hüüttodaags in de Zeitung kiekst, denn wimmelt dat man blots so vun de EU. De överslaagt sik rein dormit, uns een Dag dorvun to övertügen, dat dat goot för uns is, wat dor verhackstückt ward, wenn se uns de neegste Dag ok driest dat Gegendeel bewiesen wüllt! Un dat Feernsehn steiht se in nix na! Un de Politikers ok nich!

Överhaupt de Politikers! – Dat gifft ja mehrn Kategorien vun de dore Soort. Anfungen bi de Kommunaalpolitikers, över de Landes- na de Staatspolitikers ... Man een ganz apartige Aart sünd de Eurokraten! Dat süht man al doran, dat de ehrn Verdeenst meist duppelt so hooch is as de vun unse Staatsschen in Berlin.

Over dat geiht ja nich blots üm Geld. Nee, dat gifft noch veel wat Wichtigeres. Dat geiht nämlich ton Bispeel ok üm Gurken in Brüssel. Sotoseggen üm Euro-Gurken! Wenn se allerdings mit unse Euro jüst so herümreken doot as mit de Krümmungsradius vun Gurken, denn kann dat egentlich blots scheef gahn!

Een Goorner ut Sweden hett annerletzt achtig Kisten vull Gurken wegsmieten müsst, wieldat de egenordigen „Rechtsexperten" vun de EU utmeten harrn, dat se mit wat weniger as twee Zentimeters Böög för uns Europäers to piel un to liek sünd! De dore „krummen Jungs" in Brüssel hebbt nämlich fastleggt, dat een Euro-Gurk tominnst twee vun tein Zentimeters Längde krumm sien mutt!

Dor riffst du di over de Klüsen, nich! Son beknackte Bestimmungs stellt de dor to dusende her. Ik weet gor nich, woso dat Volk vun Europa liekers nich so recht inverstahn is mit de dore Eurokratie in Brüssel.

De klaart uns doch ton Bispeel ok noch op, wat een Rasenmeiher is!

Ja, leve Tohörers, hebbt wi denn bet nu hen egentlich würklich wüsst, worto een Rasenmeiher goot is?

De Euroexperte seggt uns: „Rasenmäher ist jede Vorrichtung, die speziell für die Pflege grasbewachsener Flächen für Freizeit- oder ähnliche Zwecke durch Schneiden bestimmt ist!" – Nu kümmst du! Is dat nich een ganz grote Geistesblitz? Een Rasenmeiher is also ton Grasafsnieden dor! Dormit hett de dore Experte nu wiss all de Twievelmödigen, de sik nich so ganz seker weern, ok noch övertüügt!

Man sien Kolleeg de kann dat noch beter. De is nämlich de Menen, dat he unse Buern rechtlich verklaren mutt, wat een Föhrersitt op se ehrn Trecker is! Dat höört sik denn so an:

„Führersitz ist der einer *einzigen* Person Platz bietende Sitz, der für den Führer bestimmt ist, wenn dieser die Zugmaschiene führt."

Dat mutt man sik mol so richtig lickerig op de Tung vergahn laten, nich!!

Denn dat is doch würklich geniaal! Wat kann de Buer blots stolt ween, dat he dor, – rechtlich afsekert natürlich, ganz alleen op sitten dörv!

Over glöövt man jo nich, dat dat allens weer! Denn nu kümmt de Sittplatz sülm noch wat nauer an de Reeg. Nämlich: „Die *Sitzfläche* ist die nahezu horizontale Fläche des Führersitzes, die die sitzende Haltung des Führers ermöglicht!"

Ja wat seggt ji nu?! – De dore Klookschieter hett doch wohrhaftig noch vergeten, dat de Föhrer op sien Trecker ok noch krumme Kneen moken mutt bi't Sitten! –

Dorför will he over partu noch bewiesen, dat he in de School bi de Trigonometrie oppasst hett, denn: „*Sitzbezugspunkt* ist der Punkt in der *Längs-Mittel-Ebene* des Sitzes, in dem sich die Tangentialebene am unteren Teil der Rückenlehne mit einer

Horizontalebene auf der Sitzoberfläche schneidet." Jaa! – Dor sünd ji platt, wat!? –

Int Plattdüütsche översett heet dat ganz slicht un eenfach:

„De Sitt op de Trecker is dat, wor de Buer mit de Moors op sitten deit!"

Un dat is ok dat beste, wat he mit de dore Euro-Sitt moken kann!

Over schulln dat unse Buern nich al ümmer wüsst hem? Viellicht hem dat blots de Klookschieters vun Eurokraten, bet dorhen noch nich wüsst!? –

Egentlich is dat ja echt ton Lachen, wenn dat nich so trurig weer, dat son Dummsnack mit unse Geld betahlt ward!

Ik wull ju ja ok noch vun de *„nahezu vertikale Fläche"* vertelln, as de Experten to de Rüüchlehn vun de Treckersitt seggen doot. Over Meta quarkt al, dat ik soveel sabbeln do.

Se meent, ik schull man lever mien Schnacks för Europa in Brüssel kloppen, dat wöör sik wenigstens lohnen, denn een lüttje Amtshelper verdeent dor evenso veel as bi uns een Regeerungsraat.

Dor heff ik over doch mit de Ohren slackert!

För soveel Geld dor klopp ik noch ganz anner Schnacks!

SPORTIVITÄTEN

Sport is nich blots goot för Arms un Been. Ok för de Kopp un de Buuk is dat goot, dat seh ik ja in. Un Meta weer dor nich vun aftobringen, se wull partu mit mi tosomen Sport drieven un meent nu, se schafft dat, wenn se mi bi mien Ehrgiez faat kriggt: „All unse Frünn un Bekannten sünd grote Sportler un wi kÖönt ümmer bi nix mitsnacken!“

Kiek mol an! Dat weer mi ja ganz wat Nües! Dor heff ik mi denn eerst mol künnig mookt bi Oskar. –

„Jaa“, sä de, „ik kiek mi meist jede Sportschau an int Feernsehn.“ Over de dore Antwoort weer mi nich noog. „Wat speelst du denn nu sülm? Viellicht Football in de Oolt-Herrn-Liga? Orer Handball?“

„Nöö“, meent Oskar, „dat is mi to anstrengend. Ik treck mi lever ’n Beer rin un kiek mi dat op de Mattschiev an!“ Och nee, för de dor Sportaart kunn ik mi nu würklich nich begeistern un för mien Meta weer dat ganz seker ok nix. Wenn he wenigstens op de nüste Erfinnung vun de Industrie rinfulln weer, „nordisch walking“, orer wat dat heet, wor se mit de Stöcke rümpeken doot, over de Schibreder vergeten hebbt. Dat harr Meta ja viellicht mitmookt. Ik fraag also noch mol bi Fiete na.

„Tennis?“ meent de ganz verwunnert. „Nee, Tennis kenn ik blots vunt Feernsehn. Finn ik over prima. Kann ik stünnlang bi tokieken!“

„Breek di man blots nich de Hals dorbi“, heff ik lacht, „wenn du mit de Kopp, – links-rechts-links-rechts, ümmer so achter de Ball herkieken musst!“

Also wor ik ok nafragen dä, dor weer nich een bi, de sien egen Lief sülm ’n beten wat Godes dä. – Bet op Krischan. De hett meent, dat he Sport mookt, wenn he mit sien Hermine Sünndag Namiddags to ’n Senioren-Danzen güng!

„Ja, dat is mol 'n feine Idee", freut sik Meta. „Dat mookt wi ok!"

Ach, du Schreck! Ik kreeg meist 'n Slag! Man will ja nich jüst as „stieve Bück" gelln, over wenn ik mi de dore Hen- un Herschuverie op de Danzsaal so ankieken do, denn künn man meist menen, all de stieven Böck de hebbt sik dor drapen!

„Wat du ok ümmer hest! Dat is doch mol een ganz ästhetischen Sport", sä mien Meta. „De höllt uns de Gleder jung un smiedig!"

Dor mag se ja wiss Recht mit hem. Un een beten wat sinnlich kann man dor ok noch vun warrn, as Max vun Böhm in sien Book *Der Tanz* schrifft: „Bei der Betonung des Sexuellen ist der Übergang ästhetischer Empfindungen ins rein Sinnliche gar nicht zu vermeiden!" –

„Na un dat finnst du nich goot?!" begeistert Meta sik.

„Ja, dat woll", mutt ik togeven. „Sex as Sport is ja nich slecht, man dat harrn de sik ja twintig Johrn fröher överleggen schullt! Wat wüllt de hüüt noch dormit!"

Wenn du di allerdings mol de richtigen Danz-Turniern ankieken deist, denn kannst du dor al ehrer vun Sport snacken, wenn ok de Sport-Dress dor man teemlich afsünnerlich utsehn deit! De Fruunslüüd ganz modern in *half nakelt*, frie un luftig, as dat bi 'n Sport ween mutt.

Un de Mannslüüd steekt all in 'n Frack un sünd bet an de Hals toknööpt. Fehlt blots noch de Zylinnerhoot! Is ja keen Wunner, wenn de denn ok as de Bullen sweten doot. Dat is ja meist so as vör hunnert Johren bi Turnvadder Jahn! Un wenn du denn noch bi son Tango-Turnier-Danz tokieken deist, denn kannst du di doch nich dat Lachen verkniepen, wenn de sik dorbi de Hals un de Moors so verrenken doot!

„Ja", gifft Meta nadenkern to, „de bruukt stevige Bandschieven!

Un dat nervöse Tucken bi de Rumba erinnert ok mehr an Slangendänzer!"

Un denn högen wi uns beide een över de sportliche Ähnlichkeit vun de *Jive-Dänzer* mit de hüftlahmig vörbi wackelnden Sportler, de sik „*Geher*" nömen doot. Over in' Wedderpart to de doren *Geher* hebbt de *Jive-Dänzer* natüürlich een Frack an. Na un de Damens? – Nix as een bunte Lappen vörn rüm un een bunte Lappen achtern herüm!

Mit de Danz-Sport is dat denn doch nix woorn bi uns. Wi gaht nu eenmol in de Week ton Swemmen. Dor hebbt wi ok nich veel an, over dor passt dat beter to. Des morrns mookt wi beide Gymnastik ant Finster un namiddags fohrt wi Rad. Nu föhlt wi uns ganz schöön sportlich.

Danzen weer sowieso nich mien Fall. In dat *ole Rom* ton Bispeel geev dat domools överhaupt keen Sellschops-Danz, as wi dorto seggen doot.

De beröhmte *Cicero* hett vör 2000 Johrn al seggt: „*Nüms een danzt, wenn he nüchtern is, he müss denn wahnsinnig ween!*"

Also danz ik lever nich. Ik will mi ja nich ümmer eerst besupen, wenn ik mol Sport drieven will! –

CITY-BIKES FOR FUN

Wi sünd ja nu endlich ok op de Radfohrmanie affohrt. Kannst ja gor nich mehr anners. Dor kajoolt ja al mehr Radfohrers op de Footstiegen herüm as Footgängers! Wi fohrt over blots so ton Spaaß un nich ut ökologische Grünn. Un al gor nich ut ideologische Grünn, nee, würklich blots ut Spaaß!

Toeerst güng dat ja üm de Fraag, wat denn för een Fohrrad an' besten to uns passen wöör. Is ja dat Enn vun weg, wat dat allens so gifft, kann ik di seggen! Hest du fröher een Fohrrad köpen wullt, denn kreegst du ok een Fohrrad.

Hüüttodaags musst du di entscheden twischen een *„Mountain-Bike“*, un een *„City-Bike“* orer twischen een *„Beachcruiser“* un een *„BMX“*. Also een Mountain Bike, wat ja op Düütsch „Gebirgsrad“ heten deit, dat keem för uns al vun vörnherin nich in Fraag, denn wi hebbt ja överhaupt keen Gebirge hier! Un een Beachcruiser ok nich.

Wi hebbt gor nich vör, mit 'n Fohrrad op de Strand rümtokrüzen!

„Dat is ja egentlich ok mehr wat för Sportfreaks“, meen de Verköper, nadem dat he Meta un mi vun baven bet nerrn aftaxeert harr.

He harr denn ok noch *Hollandrööd, Rennrööd* un *Rööd*, de du *tosoomklappen* kunnst. De hett he uns sünnerborerwies ganz slicht un eenfach op düütsch anboden.

Unse Wahl füll op de City-Bikes, de unse Vörstelln vun een Fohrrad toneegst kemen, ohne veel Snick-Snack ümbi. „Bordsteintauglich“! betoon de Verköper noch wichtig, wat ümmer dat ok heten mag. Mit de Kantsteen wüllt wi woll fardig warrn!

Bi de Gangschaltung sünd wi bi fief Gänge opholen, denn fröher hebbt wi de ok nich hatt un sünd liekers överall henkamen.

Man dat lett sik ja 'n beten wat lichter perrn, wenn dat bargop geiht.

Blots een Helm, de wull Meta partu nich hem, alleen al wegen dat Utsehn nich! „Fröher is ok keen Minsch vunt Rad fulln", seggt se.

Na goot, för de Överfleger-Bikes mag son Helm ja angahn, wieldat de ja so gau sünd. Scharping harr sik domaals man doch lever son Plastikputt opsetten schullt, denn so, as he mit Karacho de Barg dal int Taal bredert weer, – dat sinnigerwies ok noch *Jammertal* heten dä –, do harr he sik bi sien duppelte Salto vun sien Rönncycle viellicht dat Lock in de Kopp sporen kunnt.

De dusend veerhunnert Euro för de beiden Rööd weern de Verköper over sachts nich noog, denn he hett sik alle Möögde geven, uns noch wer weet wat allens an Tobehöör för unse City-Bikes antodreihn. Dat Letzte för uns weer ja woll son Gestell för baven op dat Autodack west, dat wi unse Rööd harrn ok noch spazeren fohrn kunnt! Mennig Lüüd hebbt ehr „Bikes" ja so leef, dat se bet to veer Stück op ehr Autodack fastbinnen doot un hunnerte vun Kilometers krüüz un queer dörch Düütschland fohren, ja sogoor noch över de Alpen weg bet na Italien!

Stolt un oprecht staht de düren Stahlrösser, – de mennigmol allerdings ok blots blankputzte Drahtesels sünd –, baven op dat Dack un verkünnigen de verwunnerten Utlänners: „Kiek mol, hier kümmt een ümweltbewußte Radler, de hett sien Bike ümmer bi sik, üm de Natuur to schütten!"

Dorbi harr he mit sien Auto al dusend Kilometers wiet de Utpuffgase in de Natuur blaast!

Anner Dag keem Fiete Null bi uns an de Döör un sä, he freu sik ganz bannig, dat wi nu ok Rad fohren doot. Denn köönt wi ja Sünndag ok mit sien Initiatieve mit to een Demonstratschoon. De wüllt nämlich een Fohrradrally moken gegen de Autofohrers un för een Autofrie Binnenstadt.

„Also nee, Fiete", heff ik seggt, „ik bün doch keen Riddersmann ut dat Mittelöller mit sien Peerd! Üm een Attacke to rieden gegen anner Verkehrsdeelnehmers, dorför hebbt wi uns de Fohrrööd nich köfft!

Mi wunnert överhaupt, dat na all de ‚Rock gegen Rechts' un de ‚Pop gegen Links', de ‚Sport gegen Asylantenhaß' un dat ‚Radfohrn gegen Männergewalt' liekers de Gewalt in Düütschland vun Dag to Dag tonehmen deit!

Un nu will dien Initiatieve ok noch Krieg gegen de Autofohrers?!

Nee, Fiete, dor fohr du man alleen hen. Wi fohrt blots rein ton Spaaß, ganz egaal, of dat nu datnüe Fohrrad is orer unse Auto! Un dat hett, üm vun vörnherin dat Mißtruun vun dien Initiatieve uttorümen, dat hett een Kat!" –

SÖTE MELK ORER SWATTSUUR?

Dat is nu al recht 'n poor Johren her, as dat Stück mit de Melk passeren dä. Is over liekers noch ganz spaßig un vertelln dat.

Mi hett dat mien Vadder vertellt, dat sien Vadder em vun de Buer Krischan Langbeen vertellt hett, de ehrdem een lütte Landsteed op de Sleswiger Geest harr.

De Naam de droog man doch, denn he weer man teemlich lütt bleven un harr korte Been. Dorför weer sien Fru Stine over een ganze Kopp grötter, liekers, dat se ok man een lüttje Proppen weer. Se heel de Besitz goot tosomen un weer een flietige Fru. Man ehr Krischan weer nich so gau. Nich mit de Kopp un ok nich mit de Hannen. Schull he mol enerwat moken, denn reep he eerstmol ievrig: „Jawoll, dat ward foorts in de Reeg bröcht!" Man ehr, dat he sik ümdreihn dä, harr Stine dat al sülm mookt.

Eenmol keem Krischan over teemlich dumm mit de Nees int Fett! He weer ganz alleen to Huus un stüür sik in een ganz verdüvelte Klemm herin, mit de he ok ganz alleen torecht kamen müss.

Sien Fru Stine wull een Sünndagmorrn gau bi een Naversch inkieken to een Geburtsdagsgratulatschoon un bevör se güng, droog se Krischan op, ünnerdess een Putt vull Melk to Füer to kriegen för de Grütt to Middag.

„Jawoll mien Deern, dat ward mookt!" sä Krischan un leest wieder in de Zeitung.

As dat nu nahstens an de Tiet weer, de Melk optosetten, do haal he sik een Putt vull dorvun ut de Spieskamer un överleggt sik eerstmol, wodennig he se woll an redigsten hitt kriegen künn, ohne dat he blangenbi stahn müss. As em de grote Kachelaamd int Oog full, dor harr he de Lösung funnen: De

Aamdröhr! Dat müss gahn! Over as he de Klapp opmookt, dor geiht de Putt mit de Melk dor nich dörch! Wat nu? – Krischan överleggt nochmol. Un denn füll em in, dat man de Putt ja op de Siet leggen künn, denn blots dat Döörlock weer wat to eng. Binnersiets weer Platz noog, üm em in de Röhr wedder liek hentostelln. He freu sik to sien Infall un goot de Melk eerst mol in de Kaffekann. Denn balanceer he de Putt hoochkant dörch dat enge Döörlock un stell em binnen wedder liek hen. So, nu kunn de Melk ut de Kann ok wedder torüüch in de Putt. Denn de Klapp to un: „Nu kaak man!"

Krischan reev sik de Hannen as Teken, dat he mit sik tofreden weer, langt sik dat Blatt un sett sik wedder in de grote Lehnstohl ant Finster.

Na enige Tiet over dor ward dat so gediegen rüken. Krischan treckt de Nees kruus, snüffelt in de Luft un denkt so bi sik, dat dat meist so rüken deit as in de Smeed, wenn dor 'n Peerd beslaan ward!

„Zschscht", mookt dat vun de Aamd her – un dor sprüng Krischan hooch: „Oh mien Gott, de Melk kaakt över! Gau rut mit ehr!"

He ritt de Aamdklapp op, Taschendook rut un – de Putt geiht nich dörch dat enge Döörlock! – Un de Melk de kaakt un kaakt!

Dat rüükt nu al, as wenn dor tein Peer beslaan ward! Krischan suust vunt Finster na de Döör un wedder torüüch: „Wat mook ik blots? Wat mook ik blots? Legg ik de Putt wedder op de Siet, denn fallt mi de Melk rut! Aach, wenn blots Stine kamen wull!" Un de Melk de kaakt un schmoort un stinkt! –

Mit 'nmol schütt em dat in de Kopp: „Ik weet wat! Ik nehm de Aamd daal!"

He besinnt sik dütmol ok nich lang, nimmt 'n Stohl ran un fangt an, dat Undeert vun Kachelaamd vun baven her aftorieten.

Anstatt toeerst mol dat Füer uttomoken un Finster un Döör optorieten, steiht he nu mit Tranen in de Ogen op de Stohl, vun baven bet nerrn swatt vull Sott un hiemt un hoost un hoost as dull!

Un de Stuuv eerst! De seeg ut, as weer se merrn in de Schosteen stellt. Allens swatt! un Krischan seeg ut as ’n Schosteenfeger!

Bilütten harr he sik ok bet an de Melkputt ran arbeidt un kunn em nu vun baven her to sik hoochbören. Over he müss tweemol henkieken, as he de pickenswatte Köst üm de Putt wies woor: „Verdori noch eens, schull dat mien Melkputt ween? Kunn meist menen, ik harr Swattsuur in de Aamdröhr stellt!“

Wieldess keem Fru Stine torüch. Se harr man even de Nees in de Döör rin steken, dor kriescht se al hooch op un hau’ de Döör gau wedder to. Un buten mookt se een Skandaal, as wenn dat Backsteen regent! Krischan kreeg een Segen, de minnst för dree Daag recken dä! Over de Ruh de verleet em nich. He haal sik ’n Ammer vull Lehm, de Tüüt mit de Fardig-Zement un dat Kantüffelschellmess un füng an, dat Deert vun Kachelaamd wedder in de Hööcht to lichten.

De weer ja nahstens nich mehr so schöön as vörher. Over wenn de Lehmklüten in de Rillen eerst mol glatt streken sünd, denn ward dat woll.

Stine harr sik wieldess in ehr Swienfoderkledaasch smeten, dormit se de Schiet beter to Lief gahn kunn.

Se sä keen Woort un dä so, as wär Krischan gor nich dor.

Se reet eerst mol Döör un Finstern op, dat dat ’n beten Luft geev un denn beduur se ehr schöne, blanke Stuuv, de se ümmer so püük holen harr. Un dor wöör se woll tominnst een Week an to putzen hem. Wenn nich mehr.

Grütt mit Melk geev dat denn hüüt ok nich mehr.

JÜST SON STEERT AS 'N KOH

In de Tiet vör de Krieg hett dor mol een Buur in Pommern leevt, de sik Willem Enke nömen dä. He weer een grote, deegte Keerl, flietig un röhrig, as even een orige Buur ween mutt. Blots een vulle Köömbuddel, de kunn he nich stahn sehn bet dat se lerrig weer. Un wieldat he wüß, dat bi de Kröger so mennig Buddels staht, keem he ok nümmer nich an de Kroog vörbi. He müß gau mol inkieken.

Sien Fruu harr al veel versöcht, üm em dat aftogewöhnen, man dat hett all' nix nützt. Willem rüük de Kööm al mielenwiet, ok, wenn dor driest een Proppen op seet!

De Enke-Hoff leeg een beten butersiets vunt Dörp. Wenn Willem na sien Koppeln wull, orer he harr sünst wat to doon int Dörp, jümmer müß he an de Kroog vörbi, denn de leeg al vör an bi de eersten Hüüs. Un wieldat de meersten vun sien Koppeln güntersiets vunt Dörp legen, müß he dor op de Rüchweg ok wedder an vörbi. Dat weer ja nu 'n feine Saak – orer ok nich, je nadem wokeen dat menen dä, Willem, orer sien Fru!

In Pommern geev dat een Schnack, de Willem Enke sien Leitwoort weer: „Wokeen de Koh tohöört, de faat ehr an 'n Steert!" Un he heel sik an dat Woort – un an de Steert! Wenn he nöömlich sien Köh to Gras jagen dä, de Knecht August vörut, he as de Buur achteran, denn güng dat jümmer goot bet na de Kroog. Weern se dor anlangt, denn wüß dat Veehwark al Bescheed, dat hier Halftiet weer. De Beester bleven stahn, keken sik na Willem üm, stüürten bilang na de Groov ran un füngen an to grasen. August sett sik blangenbi op de Heckpoort, fengt sik de Piep an un paßt op de Köh op.

De Buur stürt wieldeß de Kroog an: „Blots 'n Ogenblick, August, bün glieks wedder dor." August nückt mit de Kopp. He kennt dat ja al.

Na 'n Tiet lang keem Willem wedder in Sicht. He weer denn nich mehr ganz alleen un müß sik an sien Stock fastholen. Over an jeden Tostand kann man sik an gewöhnen.

He weer goot toweeg, fleut sik een, schenk August een Zigarr un sä: „Na denn man los, August, dat wie mit de Tiern af Stee koomt!"

De Knecht harr ja nu nich so swoor to drägen as de Buur un so keem dat denn, dat Willem af un an een beten in Draff lopen müß, wieldat em sünst de Köh ut Sicht kemen. Dat weer mit son lütte Duuntje gor nich so eenfach. As he nu over wedder an de Toch heran is, dor fallt em de Schnack in: „Wokeen de Koh tohöört, de faat ehr an 'n Steert!" Dat is 'n Woort! denkt Willem un freut sik. He grippt fast to un hangt bi de letzte Koh an de Steert. De verfeer sik over ganz bannig un mookt een, twee Sprüng na vörn. Man de Buur höllt fast un begööscht ehr. „Ruhig Berta, ruhig! Ik do di ja nix!"

Un so güng dat denn fein stüttig bet na de Koppel hen. Ok dat Veeh kann sik an jeden Tostand gewöhnen. Dat güng ok lang goot, over jede Kruuk geiht mol intwei, wenn se ümmer wedder na de Soot dragen ward.

Willem Enke harr sik mol een Tochtbull köfft. Een swore, staatsche Tier mit korte, stewige Been un een Nack as ut Holt sneden, op de al mennig Eerste-Pries-Kränze op hungen hebbt. He weer an sik ganz freedlich, man dörvt em blots nich triezen!

De Köh de weern al 'n poor Daag buten int Gras. Un nu schull de Bull vunmorrn ok rut. He hüng mit sien Nesenring an de faste Stock, de August in de Hand harr. Willem güng achteran. So trocken se denn bet na de Kroog, wor de Buur, wiel dat ja jümmer so wesen ist, eerst een över de Tung spölen müß.

De Knecht fengt sik de Piep an un lett de Bull een beten de Groov entlang grasen. Un so, as dat jümmer weer, kümmt Willem na 'n gode Wiel wedder rut, schenkt August 'n Zigarr un: „Denn man to, August, dat wi mit dat Deert af Stee kaamt!"

August wedder mit de Bull vörut, Willem dingelt achteran. Over denn markt he, dat he nich gau nog is un sett sik in Draff un denn – „wokeen de Koh tohöört, de faat ehr an 'n Steert!" –

Vör em bummelt de lange brune Tagel mit de grote Quast ant Enn un Willem grippt fast to –. Over dat harr he man lever nich doon schullt!

De Bull verfeer sik ganz bannig, schoot mit alle veer Been gliektiedig in de Hööcht, kielt as 'n Araberhingst achterut un dreiht sik miteens üm, sodat August de Stang ut de Hand fallt!

Verdori noch mol to, wat hett Willem sik verjaagt, as dat Beest nu breetbeenig vör em stünn un mit glöhnige Ogen ankeek!

De Bull snuuvt, dat de Nesenlöcker ganz rund ward un Willem een Schwall vun hitte Aten int Gesicht blaast. De mastige Kopp sackt deper un deper hendaal un de Steert geiht langsam piel in de Hööcht! –

„Dat is 'n slechte Teken!" denkt de Buur un geiht vörsichtig rüchwarts na de Groov to. Kole Gräsen lopen em de Rüüch hendaal, as dor nu son böse Grummeln ganz deep ut de dicke Hals herut kümmt. Un nu smeet de Bull mit de Vörbeen Sand un Stöff hooch, kreeg de Kopp noch deper daal, dat de spitzen Höörns liek op Willem wiesen dään – un denn keem he!

Miteens föhlt de arme Buur, dat he sik mit beide Hannen an de gresigen Höörns fastheel! De warme Puust vun dat Beest sloog em int Gesicht un mit 'n asige Swung smeet dat Deert em hooch in de Luft, dat he meist in de Swiem fulln weer!

Un he floog wiet över de Stickeldrahttuun henweg in de Koppel rin! – „Na denn gode Nacht“, denkt Willem un knippt de Ogen to, „de Tuun de rönnt he ja wiß ok noch üm!“ –

Over de Bull de wunnert sik, dat dor nümms een mehr vör em steiht un de Groov un de Tuun hooln em sachts ok dorvun af, de Saak noch wieder to verfolgen. He snüfft un muuht noch een poor mol, kiekt noch ’n Wiel, wat de Buur dor woll mit toknepen Ogen op de Wisch liggen deit, wennt sik denn af un fangt freedlich an to grasen.

August harr sik so verfeert, dat em de Piep ut de Mund fulln weer un he ümmer noch mit bewerige Kneen merrn op de Weg stünn. Willem harr ok al mol vörsichtig een Oog riskeert un faststellt, dat dor gor nix mehr nakeem. He hett sik överall beföhlt, over em weer nix wieder passeert. Blots ’n poor blaue Placken vun de unsanfte Lannung na sien Luftreis, de warrn dor woll vun nablieven. Gottloff, dat jüst hier een Stickeldrahttuun steiht, dacht he so bi sik, as he dor dörchkladdern dä, denn in Pommern geev dat gor ni so veel dorvun! Se kregen de Bull ok noch goot na de Wisch hen.

Over dat weer dat letzte mol, dat Willem Enke een Koh bi de Steert faten dä. Man kunn ja ni weten, – dörch de Köömbuddel besehn künn de Koh ok een Bull ween!

ETEPETETE

Wenn man Tiern in sien Huus hett, denn is man doch recht wat anbunnen.

Wullt du mol verreisen, denn musst du di eerst mol fragen: Worhen mit Hund un Katt?

So geiht uns dat ok, wenn wi mol Meta ehr Kusien besöken wüllt. Uns Kater un de Dackshund Schorschi, de mööt wi denn so lang bi Tante Berta laten. De is ok ganz froh, dat se denn nich so alleen is. Un de beiden Beester sünd so aneenanner wennt, dat se sik an besten föhlt, wenn se tosomen blievt.

Dat is jümmers een heel Ackewars, bet wi so afsteed kaamt. Meta kann un kann sik ja nich trennen vun de lütten Deerten un mutt se ümmer nochmol afknuddeln.

Un mi fallt dat ok nich so licht. De warrn mit de Tiet ja reinweg to 'n Minschen!

Over Metas Kusien hett ok een Katt un de mutt denn de Tiet över Meta ehr Gesmuus utholen. Is doch 'n schöne Tiet, son Besöök!

As wi bi't letzte Mol wedder na Huus kemen, dor weer Meta al ganz hiddelig, wegen Schorschi un de Kater. Man de Freud bi dat Weddersehn weer bi de beiden gor nich so groot as bi uns!

Na een poor Daag weer de Kater ümmer noch mucksch. He keek uns gor nich an.

Un de Hund, de frömdelt ok so. Kunnst ruhig seggen: „Schorschi, kaam mol her!" – He dä so, as wenn wi Luft för em weern!

De eerste Dag hem se beide nich freten. De Kater leeg blots boven op dat Schapp un de Hund sleek in' groten Bagen üm sien Freetnapp herüm, ohne wat antoröhrn.

De neegste Dag nehm he blots 'n poor lüttje Stücken Fleesch.

Over ok blots, wieldat Meta em de liek in de Snuut schoven harr.

Over denn keem Tante Berta! –

„Wat“, sä se, „de Hund will nich freten? Bi mi weer *juun Oskar* doch ümmer so leev!“ – *Oskar*? – Aha, dat weer dat also! Hett Tante Berta doch tatsächlich Schorschis Naam verwesselt! Mi dücht, Tante Berta ward tüddelig!

Ik probeer dat foorts mol ut un roop na de Hund: „Oskar, kumm mol her na mi!“

Un uns Schorschi weddelt mit de Steert un kümmt andraavt!

Tante Berta dä ganz verwunnert: „Och nee, ik heff ümmer meent, de Hund heet Oskar!“

Un se mutt em teemlich verpüttschert hem, denn he hett noch lang nich ut sien Napp freten. Meta müss em dat Fleesch Stück för Stück ünner de Nees holen, denn nehm he dat so ganz etepetete vun de Fingern af.

„Dat mutt he woll bi de Kater afkeken hem, wenn ik de mol ’n Stück Wust ut de Hand geven heff!“ meen’ Tante Berta.

De Kater is intwischen al lang wedder normaal. Over de Hund tiert sik ümmer noch.

Mit de Tiet is Meta dat leed woorn, ümmer dat Schappi enkelt mang de Pansen un de Hunnenbiskuits ruttopulen. Un ok to smeerig an de Fingern. Se hett dat mol mit ’n Besteek versöcht un kiek an, – sietdem fritt de Hund ganz vörnehm vun de Lepel! – Unsen *Oskar*, de egentlich *Schorschi* heten deit! – Sowat over ok! –

SUPP FÖR SÖVEN DAAG

Nu hett uns dat pralle Leven mit sien wesselvulle Ümstänn mol wedder inhaalt. Meta ehr Kegelvereen harr al wedder soveel Geld spoort, dat sik de Damen een lüttje Urlaubsreis leisten kunn. Wenn jedeen noch ’n poor Euro tobottern deit, kaamt dor licht veertein Daag Harz bi rut.

Worüm kriegt wi Mannslüüd dat blots nich trecht? Wi hebbt doch ok een Kegelkass un ok noch een Skatkass! – Meta meent ja, dat liggt an unse Döst!

Na eendoont, Oskar un ik funnen uns in de Köök wedder, liekers dat wi uns sworen harrn, nümmer wedder sülm to kaken, vun wegen unse Rinfall annerletzt mit de Blitzbläderdeeg!

Wi woorn uns denn over so eenig, dat wi tominnst för ’n poor Daag sülm wat kaken wulln un för de anner Tiet denn ton Eten gahn, wieldat mien Meta bi ehr Afreis op de Bahnhoff noch gau twischen twee Afscheedsötens sä: „Un geef nich all unse Geld ut!“ –

„Mookt nix“, plinker Oskar mi to, “dat mookt wi ganz vigeliensch! Nüülich an de Stammdisch bi Benno, dor hett een anner Strohwittmann sien Rezept priesgeven för een *Frische Supp. Dor is mi direkt dat Water in de Mund tosamen lopen!* In 54 Minuten büst du dormit torecht un de reckt to för de ganze Week!“ Oskar vertell dat so begeistert, dat sik bi mi ok al de Spütt ünner de Tung ansammeln dä! Nu laat ik mi mol överraschen.

Wat Oskar bi’t Inköpen allens so insammeln dä, dat seeg ja ganz goot ut. Dat weer ja ok allens meist al fardig, man müß dat praktisch blots noch opkaken, so, as dat op de *veer Tüten Rindfleesch- un Höhnerfardigsuppen* opdruckt stünn.

De *veer Paketen Suppenkruut* un de *twee Paketen Deepköhlpetersill* kunn man ok blots so mit in de *veer Liter Water* rinsmieten,evenso as ok de *twee Dosen „Omas Hühnersuppentopf“*. Een beten Arbeit dään blots dat *Kilo Thüringer Mett* för de Klump moken un dat *Pund Bandnudeln,* de wi al int vörut kaken müssen, bet dat se „lätschert“ weern. – Verdori noch mol to! Harr ik wüßt, wat „lätschert“ is, ik harr dor doch nich eerst mit anfungen!

Wi harrn sowieso al de gröttste Putt nahmen, alleen al wegen de *veer Liter Water*, man dat quabbel un quabbel liekers ümmer frieweg över de Rand un wi harrn alle Hann vull to doon, de Lätschernudeln wedder intofangen!

Ant Enn harrn wi mehr as tein Liter Supp in twee Waterammern! De ganze Skatklub harrn wi noch mit satt moken kunnt!

Dat hett uns over liekers so goot smeckt, dat wi blots mit Möh un Noot na't Sofa hen kemen, so vullfreten harrn wi uns! Man mit 'n poor Kööm hebbt wi dat ganz goot kompenseert kregen.

De nächste Dag hebbt wi uns over doch wunnert, denn över Nacht harrn wi miteens son dicke Swabbelpudding in de Ammer, dat wi uns nu een Schiev dorvun afsnieden müssen. Over mit 'n gode Maat Water woor dat denn ok wedder frische Supp.

So güng dat ganz goot dree Daag lang.

An de veerte Dag harr ik al morrns fröh son grummelig Geföhl in de Buuk.

Oskar seeg ok nich mehr so glücklich ut un meen, wi kunn doch twischendörch mol wedder bi Benno eten. Over bi de Anblick vun mehr as annerthalf Ammern vull frische Suppen-Pudding hem wi denn doch wedder Water nafüllt un to Huus eten.

An de föfte Dag allerdings keem denn de Anfang vunt Enn!

Dor leeg nämlich son gediegen grieshoorige Schicht op unse Suppenpudding un as wi unse dägliche Schiev afsäbeln wulln, dor wull de hoorige Pudding dat Mess nich wedder loslaten! He heel dat mit lange, backsige Fadens fast, wat Oskar over op all de jelierten Saken in de Supp trüchföhren dä.

Man bi't vörsichtige Probeern weer uns de Supp denn doch to pikant woorn mit een ganz düütliche Stich int Süürliche. Un rüken dä se ok nich mehr so goot, sodat wi uns eenig weern, nu doch lever wedder an Bennos Middagsdisch to eten!

GRIPPE IN HOLT

In de Urlaub kriggst du ja nich blots veel to sehn. Mennigmol kriggst du ok wat to hören, wat tominnst evenso intressant is!

Wi seten dor jüst in een feine Gasthuus in de Bargen to 'n Middageten, as dor noch een Familie rin keem, un een frie Disch söken dä.

Weer over leider allens besett, – bet op de Disch vör de „Herrgottswinkel". Dat is nerrn in de Süden een Eck in de Gaststuuv, in de to Ehren vun Jesus Christus een groot Kruzifix hangt. Mag sien, dat ut luter Pietät de dore Disch dor vör frie bleven weer. Man wieldat dat ja nu de eenzige frie Platz weer, bleev de nüen Gäste nix anners över, as sik dor daal to setten.

„Florian, sett du di man in de Eck rin", sä de Modder.

Florian weer son lütten plietschen Veerjährigen un de keek sik eerst mol dat Krüüz dor in de Eck an: „Wokeen is dat denn, de dor an de Balken hangen deit?"

Vadder kloort em op: „Dat is doch Jesus Christus, een ganz hilligen Mann. Dor hest du doch sachts al mol wat vun höört, nich!"

Flori sett sik eerst mol daal. Over he lett de Blick nich vun dat Kruzifix un man kunn richtig sehn, wat em sien unbedarften Gedanken dörch de lütte Kopp güngen. – „Hett de 'n Unfall hat?"

„Nee", seggt Modder gau, „böse Lüüd hebbt de arme Keerl domools mit Hannen un Fööt an dat dore Krüüz nagelt. Over dat is al twee dusend Johrn her. So lang is he al doot."

Oha! Dor harr se wat seggt! Florian schoot vun sien Stohl hooch, weer nullkommanix üm de Disch herüm un mookt een Moordsspektakel, dat he dor "ünner de dode Mann" op gor keen Fall sitten blieven wull! – „Un denn mit all dat Bloot!"

Wat wullt du ok vun son lütt Jung in dat Öller verlangen, nich! Wenn man eerst veer Johrn oolt is, denn süht man de Saak noch mit ganz anner Ogen an. Vun Pietät un sowat weet he ja noch nix vun af.

Wieldat de Lüüd vun de anner Dischen nu over al anfüngen to kieken, durf he denn op de Platz gegenöver sitten, vun wor he dat Krüüz fast int Oog harr, ünner dat nu sien Süster Annika seet, de dat mit ehr 15 Johrn nix mehr utmoken dä.

Vadder weer een Steen vunt Hart fulln, dat sik dat so gau beruhigt harr.

„Dat is ja man blots sowat as 'n Denkmal vun Christus. Dat Ganze is man blots ut Holt, mien Jung. Un dat Bloot is man ut Farv. Dat hett keen Seel."

Ik weet nich, woto he nu ok noch de Seel mit int Speel bringen müß. Over dat harr he man lever nich doon schullt!

„Wat is dat, 'n Seel?"

Ja, Vadder, nu kümmst du! Man süht al, wat he swoor nadenkt.

„De Seel", seggt he vörsichtig, „de Seel kann man nich sehn. De is as Luft bi di in de Bost. Wenn een Minsch starven deit, denn verlett se de Körper un flüggt na de Heven rop."

– „De Luft?"

„Ja, mit de Seel."

– „As 'n Puups?" –

Vadder windt sik as 'n Aal: „So wüllt wi dat mol lever nich seggen. Se is ehrer so as 'n lüttje Vagel!"

„Hest du denn ok son Vagel?"

De Vadder wischt sik de Sweet vun de Stiern un rundum luurt de Lüüd al gespannt op de Antwoort.

„Na ja, mien Jung, wenn du so wullt, denn heff ik ok son Vagel."

Un dor brüllt de Lütte los: „Ik will over nich, dat du 'n Vagel hest!" –

Nu müß de ganze Familie em woortriek wedder begöschen. Un dörch dat Gebrüll weern nu ok noch de letzten Lüüd opmarksam woorn.

Florian harr sik bald wedder beruhigt. In dat Öller sünd Gemöötsbewegungen gau wedder verflagen. He seet an de Disch, harr dat Kinn in beide Füüst opstütt un bekeek sik de Mann ant Krüüz.

– „Wat hett he denn ünner de Lappen dor, Mama?"

De Lüüd kieken gespannt. Een poor Fruunslüüd huchelt achter de vörholen Hand un Mama is dat pienlich.

„Dor is nix ünner!" seggt se gau.

„Is dor denn nich – –"

„Nee, dor is nix ünner!"

Vadder sweet noch mehr un Mama mag mit ehr rode Kopp gor nich mehr hoochkieken. Dor will de grote Süster de Situatschoon redden un stellt ehrn Broder op een Stohl.

„Kiek mol", seggt se un kloppt an dat Kruzifix, „de dore Mann hier is man blots ut Holt. Wenn de ut Fleesch un Bloot weer, – un wor he doch al so lang doot is –, denn weer he doch nu man blots noch een Gerippe!"

In dat Hucheln un Lachen ringsum mutt de lütt Jung dat woll falsch verstahn hem. Ganz verbaast sprüng he vun de Stohl daal: „Wor an is he storven? An Grippe – ?"

De Rest de güng int Lachen ünner. Jedenfalls harr de dore Familie uns dat Luurn op dat Eten angenehm verkört, denn nu keem de Supp un Flori harr Hunger.

Un de Moral vun de Geschicht: Wohr di bitieden vör de Grippe, sünst büst du ant Enn noch een Gerippe!

INKÖÖPSMOLERIE

Siet dat Jan pangschoneert is, grippt he sien Manda düchdig ünner de Arms, denn een Huusfru ward ja nümmer nich pangschoneert.

Morrns, wenn se ut de Puuch kaamt, mutt toeerst de Koffi op de Disch. Denn sünd de Betten to moken un 'n beten Stoff to wischen. Middag mutt kookt warrn un wat dor noch so allens to besüsseln is.

Dat Bettlinnen glatt trecken tellt Jan nu al to sien Part. He meent, dat kann he beter, wieldat he dat sotoseggen op de Kneen lehrt hett bi de Suldaten.

Een beten afwaschen un nastens de Tellern un Tassen afdrögen un denn in't Schapp inrümen, dat kunn he ok al. De gröttste Spaaß mookt em over, wenn he mit de Huulbessen dörch de Wahnung trecken kann un de Stoff to Lief gahn.

Dat is over lang nich jümmers so ween!

As Jan noch in Amt un Wüürden weer, dor wöör de Fruunsarbeit doch recht wat minner tellt as sien levenswichtige Aktenwöhlerie int Büro.

As he denn over pangschoneert weer, do weer he dat Amt los, man de Wüürd de bleev! För Wieverkraam un Fruunsarbeit weer he sik to schaad! Harr he nich lang noog dat Geld verdeent mit sien Arbeit? Dorför hefft se nu ok de schöne Pangschoon un de kriggt he ok, wenn he nix deit!

Mi de Tiet woor em dat over to langwielig, jümmers blots spazeern to lopen.

He kennt al bald jede enkelte Steen op de Weg! Dat hulp ok nix, dat he 'n beten later opstahn dä un to Nacht 'n beten fröher to Bett güng, dormit de Dag ni so lang wöör. Denn kunn he bet wiet in de Nacht rin nich inslapen, wieldat he noch gor nich mööd weer. Worvun woll ok!

– Un so füng uns Jan denn an to överleggen, wat he nich viellicht sien Manda een beten wat, – na ja – vun ehr Arbeit afnehmen künn.

He överleggt dree Daag, dor kunn he överhaupt nich mehr slapen! Over denn hett Jan sien leve Fru doch fraagt, – blots wenn ehr dat nix utmoken dä – un he wull ehr ok jo nich de Arbeit wegnehmen – nee, dat wull he nich, over 'n beten Inköpen, ja, dat künn he ehr woll afnehmen –.

Oh nee, dat mook Manda överhaupt nix ut! Man dor weer dat eerste Stück vun Jan sien Wüürd ok al afbroken! Eendoont, nu harr he wat do doon!

Op de Rull mit de geele Markzetteln, de blang de Kökendöör hung, schreev Manda vun Sucker bet Bodder allens op, wat inköfft warrn schull. Weer he vull, denn reet Jan de Zettel af un trock dormit to Markt.

So recht klappen dä dat over nich, denn mol harr Jan sien Brill vergeten un kunn de Zettel ni lesen un mol harr he de Brill woll mit, over kunn dat driest nich lesen, wieldat Manda ohne Brill schreven harr.

Over Manda wüß Raat!

„Ik mool di dat eenfach op, wat du inköpen schallst, denn kannst du dat ok sehn, wenn du mol de Brill nich bi di hest!"

Un so marscheert Jan denn mit Mandas Inkööpsmolerie to Stadt.

De Zettel weer mit all de schönen Biller örnlich wat grötter woorn, meist so groot as 'n lütte Handdook un Jan kunn dat licht ohne Brill sehn.

Baben an is, – ja wat is dat denn nu?: „Süht ut as 'n Wierdraht an de Höhnerhoff", spikeleert Jan. „Un dor hett Modder ok noch 'n grote swatte Fleeg bi moolt. – Ach soo, dat schall wiß *Flegendraht* bedüden för de Kellerfinstern!"

Also köfft Jan een Rull Fleegendraht.

„Denn wüllt wi mol wieder sehn. Hö, dat ist ja een Tüüt! Süh an, de hett Manda over mol fein drapen, dat kann ik foorts kenn'. Un dor hett se ja ok noch *Kaffee* bi schreven. Dat is 'n klare Fall!" freut he sik.

„Un wat kümmt nu? Dat schüllt doch sachts Rundstücken ween, dor ünner de Tüüt. All mit 'n Streek op de Rüüch. Twee, veer, fief Semmeln. Ok klaar. Over nu ward dat spiegeliensch! *Een halv Pund* steiht dor un denn is dor 'n Book orer 'n Zeitung un ok noch een Koornähr bi. Ik kann doch keen halv Pund Böker köpen!"

Denn stellt Jan dat eerstmol torüüch un meen, dat he dat woll ok noch morrn köpen kann, wenn he Manda fraagt hett, wat dat bedüden schall.

Manda over bleev de Mund openstahn, as Jan to Huus utpacken dä!

"Nee ok doch, wat hest du denn dor blots mitbröcht?! Wat schall ik denn mit Fleegendraht?"

Jan staamert: „Over hier hest du dat doch opmoolt ..." –

„Opmoolt?" kriescht Manda. „Dat sünd Honnigwaven mit 'n Imm bi! Dat bedüüdt, dat du een Glas Honnig hest mitbringen schullt! – De Kaffee is ja richtig, over wosück kümmst du op de Rundstücken? De wull ik gor nich hem!"

Jan wiest ganz verbaast op de Zettel mit den Inkööpsmolerie ...

„Dat?" seggt Manda. „Dat sünd Kaffeebohnen, de ut de Tüüt rutfalln doot un keen Semmeln! Kannst dat ni sehn? Un wor is dat halve Pund Bookweten? Dat hest du överhaupt nich mitbröcht! Nee, nee, so geiht dat ja ok nich! Dor mööt wi uns noch wat anners infalln laten!"

Intwischen hett Manda een niege Brill kregen. De ole de hangt nu an 'n Stück Tau bi de Rull mit de Markzetteln. Dorför langt se noch!

Un wenn Jan mol wedder to ’n Inköpen geiht, denn steekt Manda em toeerst de Brill in de Tasch.

KAISERS NÜE KLEDER

„Kunst kümmt vun Könen!“ sä Meta, as wi annerletzt bi’t Tapzeern weern. Dat weer egentlich blots so dorhen seggt, as ik ehr löven dä, wieldat se unse Wahnstuvenschapp so fein in Klaarsichtfolie inwickelt harr, dat he schöön sauber blifft, wenn de Moler nahstens mit de Farv an de Deck herümkleckern deit.

Na dat Spektakel mit de Inwickel-Künstler Christo mutt ik ja ganz unafsichtlich ümmer an de inwickelte Rieksdag in Berlin denken, wenn ik jichtens wat ünner een Plastikfolie to sehn krieg.

De Rieksdag seeg an’t Enn ja nich slecht ut domools, so in dat blanke Flittertüüch insnöört, dat mutt man Christo ja laten. – Over is dat Kunst? –

Worüm will he blots ümmer allens inpacken? Sogoor unse Politikers harr he ja all inwickelt, sodat se em de Rieksdag för sien Wickelkunst överlaten dään.

He schull em „verhüllen, – in würdiger Form“ –, hett domools Fru Süssmuth seggt! Wat ümmer se dor ok vun Kunstspeelaart mit meent hett!

Vör enige Tiet harr de Doomtoorn in Sleswig ok mol een blaue Kleed ut Plastik, ünner dat arbeidt woor.

Wokeen seggt dor nu Kunst to, wenn dat Blau ok nich so schick utseeg as Christo sien Sülverfolie. Dorför hett dat over ok keen tein Millionen kost, denn inwickelt weern se alle beide man blots!

As „Kunst un Kultuur“ hett Christo ja ok sien inwickelte Vigelien verköfft kregen. Mit ’n Stück ole gnitterige Segeldook, een beten Plastikfolie un rieklich Tau wull he de Musik in dat Instrument bannen, sä he.

Over is in een Vigelien de Musik nich al vun Natuur ut binn? De luurt doch blots dorop, dat dor een echte Künstler kümmt un se mit sien Fiedelbagen rutketteln deit!

Viellicht liggen de Mucken un Knütten bi dat Sleswig-Holsteen-Musikfestival ok blots doran, dat Mister Christo de Musik so fast intüüdert hett, dat se dor nich wedder rut kann!

Un dor reet Meta mi miteens ut mien Kunstansichten!

Se klatsch' in de Hannen un freu' sik as 'n Stint: „Kiek di blots mol dat Muster an op de Folie! Wat is dat doch vun kunstvulle Klecksenföhrung, nich! – Dat laat wi an besten een Tiet lang so stahn!"

Ik kiek mi üm na dat afdeckte Stuvenschapp, op dat de Moler intwischen de Klaarsichtfolie so richtig schöön mit Farv vullkleckert harr. Un wenn ik ganz nipp henkieken dä, denn funn ik ok, dat de Klecksen dorop doch recht kunstvull utsehn dään!

„Süh!" heff ik dacht. „So licht is dat, mit een half toknepen Oog ‚Kunst' to sehn!"

Un dor heff ik mi an de Geschicht vun „de Kaiser sien nüe Kleder" erinnert un heff all unse Frünn un Naverslüüd inlaadt, sik ok dat Kunstwark antokieken.

Un wat schall ik ju seggen, na mien kunstvulle Gesabbel, mit dat ik se de kunstvulle Kleckserie neger bröcht heff, dor weern de mehrsten hellop begeistert!

Musst di ja wunnern, wat de Lüüd allens för Kunst holen doot, wenn du se dat man blots kunstvull noog vörkauen deist!

Viellicht hebbt se dat ja ok blots so seggt un hem denn buten meent, dat ik ja woll een an de Marmel heff!

Over na düssen Erfolg wüllt Meta un ik nu all unse Biller inwickeln, üm de leven Verwandten, de dor op afbilldt sünd, orer de herrliche „Röhrende Hirsch", för ümmer in de Rahmen to bannen.

Viellicht verpackt wi ok noch ’n poor Stöhle, dat dor mit dat inwickelte Stuvenschapp tosomen Kunst ut ward. Un mookt denn ut unse Stuuv een Galerie! – „In würdiger Form“ natüürlich! –

Man ik will ja nich höpen. dat mi miteens de lütte Deern ut dat Märken vun de Kaiser verdwaß kümmt un all de wichtigen „Kunstkenners“ blameert, wenn se denn reinut seggen deit, dat de Kaiser ja egentlich ganz un gor splitternakelt is! –

IK HEFF DE BÜX AN!

Oha! – seggt Kuddl Schnack, de dore Blick de kenn ik al! Meta kiekt sik so kredelig mien Büx an: „De dore vergammelte Pell kannst du ok bilütten in de Mülltunn smieten, Kuddl Schnack. De is ja so speckig, dor kannst du al 'n fette Supp op kaken!"

Ik harr düsse Büx nu in de verleden tein Johrn so schöön indragen, dat ik mi dor al echt kommodig in föhlen dä un ik segg denn ok to Meta, dat ik se doch ganz goot noch as Frietietbüx in de Goorn antrecken künn.

– Neegste Dag weer se weg! –

Na 'n beten Sökerie heff ik se denn in de Plünnsack wedderfunn. De schöne Büx, wor ik se doch jüst ton Salaatbegeten bruken wull!

Meta schütt' blots mit de Kopp, as ik se doch wedder antrock. Over in de kamende twee Weken heff ik mien Büx ohne wiedere Schererien in de Goorn drägen kunnt.

Denn weer se miteens wedder weg!

„Meta", fraag ik ganz sachtmödig, „du hest nich tofällig mien Goornbüx sehn?"

„Nee", antert Meta schienhillig, „is se weg?" –

Ik bleev ganz ruhig un heff se denn na twee Daag in de Mülltunn funnen.

Mien Meta slöög de Hannen över de Kopp tosomen, as se mi wedder in mien Büx in de Goorn dreep: „Du schrickst over ok vör nix torüüch, du Farken!"

Ik heff ehr denn eerst mol kloor mookt, dat se gor keen Textil in de Mülltunn smieten dörf, vunwegen de Affallzweckverband.

„Textil?" lacht Meta spietsch. „Textil weer dor gor nich mehr an an de vergammelte Speck!"

„Meta, Meta", segg ik, „un de Büxendrägers hest du ok

mit wegsmeten, wor de so top-modern sünd in de Bundesfarven!"

Meta mookt blots „Pöhh!" – Un na dree Daag weer de Büx wedder weg!

„Du kannst söken bet du swatt warrst. Nu heff ik dien Edelbüx ingraavt!" sä Meta un ruuscht af. Over an de Döör dreiht se sik nochmol üm un triumpheert: „Un mit de Bundesbüxendrägers!" –

– – All ji Mannslüüd, de dat ok so geiht as mi un ik weet, dat mööt een ganze Barg sien, wat mookt ji dorbi, wenn de Fruunslüüd ju de Goornbüx nich mehr günnt? Ik kann ju een hitte Tipp geven!

Unse Dackel Schorschi, de överall in de Goorn sien Knaken ingraavt, de findt se mit Help vun sien gode Nees ok all wedder, wieldat de ja mit de Tiet anfangt to stinken ünner de Eer. Un mit de Help vun sien Talent hebbt wi denn ok na korte Tiet mien Goornbüx wedderfunn! Mit de Büxendrägers in de Bundesfarven!

Nu kiekt Meta al so scheel op mien Mütz. Over Schorschi un ik luurt dat eerstmol ganz geruhsinnig af!

Man denn heff ik mien Meta doch mol in de Arm nahmen: „Kiek mol, mien Deern, dat geiht mi ja egentlich nich so üm de ole schietige Büx. Dat geiht mi ja mehr üm dat Prinzip: *Heff ik de Büx denn överhaupt noch an? – Orer heff ik se nich mehr an!*"

Dor köönt Se mol sehn, wat 'n ganz gewöhnliche Büx mit Emanzipation to doon hett! –

DE LUSTIGEN WIEVER VUN SLESWIG

Mit de Emanzipatschoon sünd de Fruunslüüd ja doch recht wat egenwilliger op sik woorn. Dat seh ik al an Meta ehrn Kegelvereen. De dore Vereen gifft dat ja al ’n beten wat länger. Over nu, wor se vun de Fruunsbeopdraagte so de Rüüch stief holen kriegt, nu wüllt de Damen ok een Fahn hem! „Wenn dat de Kroon vun jüm ehr Wünsch is, denn laat se doch!“ segg ik to Oskar. „Dat deit uns Mannslüüd ja nich weh.“ Over Oskar kiekt een beten twievelmödig. He hett wiss beide Ohren vull dorvun, denn sien Herta is ja jüst de, de de Fahn afsluuts strichen will.

„Sticken, Kuddl, nich strichen“, verbetert Oskar mi. „Dat is ganz wat anners, wenn dat ok man blots üm een Bookstaav geiht! Een Bookstaav kann de ganze Kraam över ’n Hupen smieten! Un denn schall dor ja ’n Embleem op de Fahn op mit ’n lange Spröök na een grote Opernvörbild: ‚De lustigen Wiever vun Sleswig‘. Wat meenst du woll, wo lang se dor an sticken mutt!“ süüfzt Oskar deep.

Fröher weer een Vereen ja mehr dat Vörrecht vun de Mannsbiller un dor hörer op jeden Fall ok een Fahn dorto. Je grötter de Vereen, üm so grötter de Fahn, de se bi’t marscheern vöran flattern dä.

Mit düsse Överleggen heff ik Meta, de ja de Baas vun ehrn Kegelvereen is, övertüügt, dat se mit ehr negen Liddmaten nich partu een Fahn hem mutt. Wenn jüm ok een tostahn deit, evenso as de Mannslüüd. Meta meen denn ok, dat se ja gor nich marscheern wüllt un ok keen hebbt, de de Fahn drägen will.

„Een lüttje Wimpel, de ji op de Disch stelln köönt, de deit dat doch ok“, segg ik so. Over Oskar sien Herta, de al ganz hitt op dat Sticken weer, de hett meent, wenn al keen grote Fahn, denn tominnst over dat Embleem mit grote Bookstaven op de lütte Wimpel! Un dormit weer denn ok de ganze Vereen inverstahn.

As Herta nu mit Füeriever op de lütte Wimpel de Fadens uttellen dä, dor passten dor miteens nich mehr all de Bookstaven rop, sodat dat Enn wegfallen müss un blots noch *„DE LUSTIGEN WIEVER"* överbleven. Na goot, wenn dat denn nich anners güng, denn wöör dat ja ok noch langen. Dat hööört sik ja noch ganz goot an.

Over as Herta al meist mit allens torecht weer, dor müss se noch een poor Bookstaven wegkörten, wieldat dor blots noch Platz weer för: „DE LUST. WIEVER"! – "Wat? – *Lust-Wiever?* – Nee mien Herta, dat kannst du beholen!" reep Meta in de Naam vun ehrn Vereen. „Wenn dor ok driest een Punkt achter de Lust steiht, dat köönt wi doch öffentlich keeneen wiesen!" – Man Herta is nich to bremsen. Nu hett se een Dischlöper in Arbeit, op de se ok Platz noog hett för: *„De lustigen Wiever vun Sleswig"* un sogoor noch för 'n ganze Reeg anner Dekoratschoons. De ward nu bi't Kegeln op de Disch utrullt un naher wedder inrullt. Un to drägen is he ok ganz licht! Veel lichter as 'n Fahn!

MESSE-SCH(L)AU

Dat weer ja nich jüst de Expo, over doch een richtige grote Messe un ik heff meent, op son Messe-Schau dor kannst du billig wat inköpen. As ik over mit mien Meta vör de Ingang stünn, dor weer dor foorts vöran al een Kass, wor wi eerst mol dorför betahlen müssen, dat wi wat köpen wulln! Un dat weer för uns beide denn so veel, dat wi dat Geld, wor wi wat vun köpen wulln, al meist allens an de Ingang loos weern!

„Schiet an Messe-Schau!“ segg ik to Meta. Worbi mi opfalln dä, dat op dat Schild würklich „Schau“ stünn un nich „Show“, so as jümmers in de Medien.

„Laat uns man ümkehrn un gahn een beten ant Water spazeern, denn hebbt wi tominnst noch een poor Euro ton Kaffedrinken!“

Over Meta wull dor nu rin. Se wull tominnst de Goornstöhle sehn, de wi egentlich harrn köpen wullt.

As wi man jüst binn weern, dor stört ok al son schicken Herrn op uns loos. De weer so vörnehm, dat he gor nich de Luft ut sien prallen Bostkasten rut leet, wieldat he woll bang weer, dat em sünst de Schlips verrutschen künn.

„Einen *Relaxt-Gartenstuhl* suchen die Herrschaften? Bitte sehr! Kann ich Ihnen sehr empfehlen!“ seggt he un wippt op de Töhnspitzen.

„Hett *relaxt* wat mit de Polsterung to doon?“ fraagt Meta na.

Dor höört de Lackaap batz op to wippen un treckt de Ogenbruen hooch: „*Relaxt*, meine Dame, ist englisch und heißt, sich entspannen!“

Meta seggt: „Ach!“ Un ik funn dat ja egentlich ganz natüürlich, dat man sik in een Goornstohl ok entspannen will. Bi ’n Probe-relaxen allerdings seeg ik denn tofällig ok de Pries un mien Entspannungsrelaxe weer mit een Slag vörbi! „Velen Dank! Wi överleggen uns dat noch.“ –

Wi hebbt uns denn eerst mol een Braatwust köfft. Mit 'n Stück Brot ton anfaten, wieldat se ja noch so hitt weer.

As wi nu so mit unse Wust in de Hand dörch de feinen Stänne un Pavillons slennern doot, dor kaamt wi ok an son lüttje Tapzeerdisch vörbi mit veele Zeddeln un al son Kramerie op. Passt hier egentlich gor nich twischen, denk ik noch so, as dor twee junge Lüüd op uns to kaamt: Of wi viellicht Opklärung wünscht?

„Nee, bruukt wi nich", seggt Meta, „wi sünd ja al oolt noog!"

„So weer dat nich meent", sään se. Se sünd „besorgte Börgers" un vun noch 'n ganze Hupen Bürger-Initiativen mehr.

„Wissen Sie denn, was Sie da grade essen?" fraagt mi een junge Daam un wiest op mien Wust.

Ik hool se ehr ünner de Nees: „Dat is een Braatwust. Heff ik jüst köfft dor achtern!"

Se drückt mi al mol 'n Zeddel in de Hand: „Aber was da drin ist, das wissen Sie nicht!"

„Ik denk, dor is Fleesch binn. – Orer nich?" –

De Deern zaubert een poor nadenkersche Folden op de Stiern. „Ich weiß natürlich nicht, was in *dieser Wurst* drinnen ist. Aber haben Sie gewusst, daß die Industrie in England ‚Fleischersatz' herstellt aus Schweineborsten und Hühnerfedern, einschließlich der Eingeweide?"

Mi füll binah de Rest vun mien Braatwust ut de Mund un ik föhl gau noch mol mit de Tung üm de Tähn rüm na Hoor un Feddern.

„I gitt!" segg ik un trööst mi dormit, dat England ja wiet weg is.

„Ich will Sie ja nicht bange machen, aber der EG-Markt ist europaweit und England gehört dazu! Ich weiß allerdings nicht, ob diese Kunst-Wurst schon bei uns hier zu kaufen ist. Aber was Sie heute auch schon bei uns kaufen können, das sind nachgemachte ‚Krabben'.

„Ach!“ seggt mien Meta.

Un unse Opklaarersche vertellt wieder, dat de dore namookte „Krabben“ mit de Help vun de Chemie-Industrie ut Krabbenschell un Fisch-Affall herstellt ward. Mi ward nu so langsam slecht un ik fraag ehr, wokeen denn de dore Schiet freten schall. – „Fressen?“ seggt se ganz fründlich: „Mit Genuss speisen werden Sie das, denn mit all den naturidentischen Aromastoffen und Geschmacksverstärkern werden Sie gar nicht merken, was da drinnen ist!“

Un as ik al kort vör't Kotzen bün, dor rifft se mi noch de nüe Schokolaad ünner de Nees: „Die wird nämlich aus Schweineblut gemacht, mit ein bißchen Mehl, Milch und viel Aromastoff! Jede Menge Chemie und Abfall ist da drin, – bloß kein Kakao! Diese köstliche Leckerei hat ein Düsseldorfer Erfinder zum Patent angemeldet!“

„Ach!“ – seggt Meta mit afstarvende Stimm un mutt slucken. Un ik op de Afsatz kehrt un hen na Tante Meier, denn mi dreih' sik de Maag üm.

Vun de *Messe-Schau* hebbt wi denn nich mehr veel vun sehn. Over wi weern ja liekers schlau woorn; sotoseggen *Messe-Schlau*. De junge Daam vun de Tapzeerdisch harr erreicht, wat se wull.

Meta nimmt nu wedder een richtige Stück Zucker in de Kaffe, denn mennig Söötstoffe sünd echte Dickmoker! De ward nämlich bi de Swiensmast insett as Appetitanreger! Dat hebbt wi ok an de lüttje Tapzeerdisch in de grote Messe to hören kregen!

Na, noch Appetit? –

Ik glööv nu keen Reklame mehr wat. Over ik bün nu een besorgte Börger!

MUSKELMÄNNER

In de Loop vun de Johren slitt een ja doch 'n beten wat vun de Knaken af un dorvun hett man denn ok hier un dor al mol son lüttje Wehdaag vun. Mol lahmst du links een beten, wiel di dat in de Hüft treckt un annermol treckst du dat Been na, wieldat di dat int Knee gnastern deit. Ik müß hüüt wegen sowat to Foot gahn, wieldat ik de Kopp nich mehr dreihn kunn. Ik harr 'n stieve Hals, as man so seggt un Meta hett meent, ik bün dormit in mien Auto nich mehr verkehrsseker.

Op de Weg in de Stadt dreep ik mien Fründ Oskar. He bleev stahn un verstünn mien Körperspraak foorts: „Wenn ik dat richtig sehn do, denn hest du 'n stieve Hals, Kuddl Schnack!" Wokeen seggt he dat! –

„Kaam man mit mi ton Bodybuilding, kannst mol tokieken, woans dat dor togeiht. Aktiveerst dien Muskeln wedder, denn kriggst du ok keen stieve Hals mehr!"

Ik heff mi mitsnacken laten un dor mol 'n beten tokeken. Sülm heff ik denn ok al 'n beten pumpt un strampelt. Dä ja fürchterlich weh, over ik heff de Tähn tosoom bäten, so as Oskar mi dat anraadt hett. Dorför kunn ik nu ovends ok de Arms un de Been nich mehr rögen!

„Dat is man blots Muskelkater", hett Meta mi beruhigt. „Keen Wunner, so fuul as wat du büst!"

Au! Dat harr ik weg! De Nacht kunn ik lang nich inslapen, over de neegste Morrn güng dat enigermaten wedder un ik heff mi vörnahmen, wieder mit Oskar na de Muskelsmeed to gahn.

Fröher weern ja de Keerls al vun de Arbeit her wat stäviger as nu. Hüüttodaags mööt se sik ehrn Bizeps eerst möhsam antraineern, wieldat se de ja vunt Bliesticken holen un Computertippen nich kriegen doot!

In Oskar sien Studio kannst du Typen sehn, kann ik di seggen, de sweet un puust in all de Apparaten herüm un kriegt een kralle Figuur dorvun! – Mann, wat 'n herrliche Pracht!

Ik much mi toeerst gor nich uttrecken, denn de luurten ja blots dor op, wat se denn woll to sehn kriegen dään! „Nu seh man to, dat du dien Slappies wedder op Vördermann kriegen deist", spornt Oskar mi an, „anners hett dien Meta bald gor nix mehr in de Fingern!"

So! Dat leet ik mi ja nich tweemol seggen! Oskar schall sik man vörsehn, em drück ik bald an de Wand! Un denn füng ik an to sweten un to puusten in all de Folterdinger! Dat geev sogoor Fruunslüüd dor, de harrn sik Muskelpaketen toleggt as de Mannslüüd! Also nee, ik weet nich, dor sünd mi doch de Deerns lever, de wegen ehr langtüchten Fingernagels bi son Spektakel nich mitmoken wöörn, wieldat se bang sünd, dat de dore Pracht afbreken künn! Wat will een Fruunsminsch ok mit Muskeln ant Lief as son Priesringer, wor se doch 'n beten wat weker in de Gleder veel schöner utsehn deit!

Ik heff mi over vörnahmen, de Spaaß blots so lang mittomoken, bet dat ik mi wedder ohne Wehdaag bewegen kann. Wat heff ik sünst dorvun, wenn ik anstatt wegen de Wehdaag naher vör luter Kraft nich lopen kann!

UT OOLT MOOK NIE

Ok de Levensharvst kann een gollen Tiet warrn, wenn man af un an een Sluck ut de Jungborn nehmen deit!

Dat is kort vör Middag. Int Radio dudelt ton hunnertunföfftigsten Mol in düt Johr de „Sneewalzer“. Dat is in de „Arvslieker-Sennung“, as Meta dorto seggen deit, wor se stünnenlang de leven Omas un Opas un all de leven Unkels un Tanten vun neeg bi un vun wieder weg ton Geburtsdag orer to de Golln Hochtiet graleern doot: All de Heinis, de Gerdas, de Fritzis un de Annemaries. Un ant Enn kümmt denn noch Lütt-Uwe mit ’n saftigen Söten!

Is ju al mol opfulln, dat dat dor een ganz snaaksche, biologische Afsünnerlichkeit gifft? Wenn nämlich de Unkel man noch so üm un bi föfftig Johrn oolt is, denn graleert de leven Anverwandten ganz normaal, wieldat he ja nu föfftig Johrn *oolt* ward. Fiert over de leve Tante Klara ehrn Fiefuntachentigsten, denn ward dat doch tatsächlich wedder een *Wegenfest* un Tante Klara, dat Geburtsdags*kind,* dat dörv sik dor denn rinleggen, wieldat se doch man jüst eerst fiefuntachentig Johren *jung* woorn is! Dor kann se sik denn an hoochtrecken!

All de olen Jungen ward dörch de Jungmöhl dreiht. Oolt rin, op de anner Siet jung wedder rut!

Orer schull ’n se viellicht doch vun de Jungborn nippt hem, wor ganz fröher ok al de olen Germanen un de Babylonier in baadt hebbt?

Ja ja, mit oolt un jung is dat son Saak. Wenn in de Harvst bi Schöönwerrer de langen, witten Fadens dörch de Luft sweevt, denn hebbt de Lüüd in de Vörtiet meent, dat de Nornen dor de Schicksaalfadens för de Minschen spinnen dään.

Hüüt is man wat profaner un seggt dor *Ooltwieversommer* to, wieldat de Fadens so utsehn doot, as weern dat de witten Hoor vun ole Fruunslüüd. Dorbi sünd dat doch de Spinnfadens vun ganz ganz *junge* Spinnen, de sik dormit vun de Wind in een gode Tokunft drägen laat!

Over ok de Ogenschien kann mennigmol dregen un de Ünnerscheed vun oolt un jung verwischen. Mien Fründ Oskar harr doch nüülich meist sien Fru Herta nich mehr wedderkennt, wieldat se wegen de Inladung to een Sülverhochtiet bi de Putzbüdel ton eersten Mol na de Hoor ok noch ehr Snutenwark kosmetisch behanneln laten harr. Sien Herta, to de he sünst ümmer „mien Oolsch" seggen dä, de seeg nu ok wohrhaftig tein Johrn jünger ut!

Ik finn dat ja ok nich goot, dat he ümmer „mien Oolsch" seggen deit. Over nu hett he statt een *ole Oolsch* een ganz *niege Oolsch*!

Viellicht schull man sik ok mol kosmetisch raatslaan laten!

SCHEETPULVER

Dat weer jüst wedder Brummelbeerntiet un so müss ik denn nüülich ok los, 'n Ammer vull dorvun to plöcken; Meta wull Saft moken. As ik nu so de Knicks langs sammeln dä, dor seeg ik günt op son Jägerhoochsitt een junge Deern sitten, de stuur op de Köh keek, de nerrn op de Koppel graasten. Ümmer denn, wenn een vun de Swattbunten de Steert hoochbören dä un een matschgröne Fladen daalkleckern leet, denn mookt se een Krüüz in ehr List.

„Moin!" prahl ik, wieldat ik ja nieschierig weer. „Telln Se de Kohschiet op de Wisch?" – Ik heff dacht, ik harr een Spaß mookt, over se antert foorts, ohne de Ogen vun een anner Koh to laten, de jüst de Waterfall anstellt harr: „Ja, do ik! Over wenn Se mit mi snacken wüllt, denn mööt Se al hier rop kamen, anners verpass ik noch een!"

Na, denk ik, Brummelbeern kannst du ok morrn noch plöcken. Over mit 'n junge Deern sittst du nich alle Daag op 'n Hoochsitt! – Ik also rop.

Se studeert in Kiel an de Uni, seggt se un dat geiht üm de Stickstoffümslag. Mit düsse Bestandsproov wüllt se mol faststelln, of de Buur woll würklich alleen de Buhmann vun de Nation is, de unse Ümwelt mit Gülle verpesten deit. Kiek mol an! Musst di ja wunnern, för wat unse Stüergeld all goot för is! Jedereen weet intwischen doch, dat nich blots de Gülle bet in unse Drinkwater sickern deit! Blangen bi harr se noch een Nachtkiek-Apparaat liggen. Sowat harr ik al mol sehn.

„Ja, ik mutt ok in Düüstern telln, woveel de Beester schieten doot. Dorför snall ik mi bi Nacht düsse Riesensnuut vör de Kopp", wiest se op dat Dings.

„Un worto schall dat goot ween?" wunner ik mi.

„Ooch", seggt se, „dor hangt ja veel mit tohopen. Over dor warrn Se nix vun verstahn."

„Na man to!“ heff ik nahaakt. „Kann man ja blots klöker vun warrn!“

„Also vun de Luft“, seggt mien Studentin un wiest na boven, „vun de Luft dor sünd 4 / 5 Stickstoff vun.“

„Süh an!“ segg ik. „Ik heff meent, Stickstoff is Kunstdünger!“

„Ja, is dat ok. Man kann dat over ok ut de Luft rutfiltern“, klaart se mi op, „dat is over düür. Man kann ok eenfach Lupinen ünnerplögen, dor is ok Stickstoff in un dat is veel billiger. Orer even de Kohschiet as Gülle verröhrt, – over de stinkt! Wi wüllt nu rutkriegen, wor wi wat insporen köönt.“

„Denn spoort man toeerst mol bi de Gestank!“ segg ik.

„Ja ja“, lacht se, „son Kohpups is gor nich so ohne! Over wat in de Gülle so stinken deit, dat is Ammoniak. Wenn man dat oxydeeren lett un noch son beten dormit rümpanschen deit, denn kann man dor sogoor Scheetpulver vun moken!“

„Wat, ut Kohschiet?“ verwunner ik mi.

„Nee, mit Kohschiet hett dat denn nix mehr mit to doon“, griensmüüstert se, „wenn ok de Kohpups mennigmol knallen deit! Over mit dat Ammoniak geiht dat!“

Nu kroop dor son unbestimmte Geföhl in mi hooch, dat se mi viellicht op de Arm nehmen wull! Dor heff ik den gau un fründlich „adüüs“ seggt un bün af na Huus. – „Un wor sünd de Brummelbeern?“ fraagt Meta mi. Ach herrje, – de harr ik op de Hoochsitt vergeten!

MORBUS MIPS

Mit unse Werrer hier is dat ja meisttiets nich so wiet her un dor is de Gefohr natüürlich groot, sik to verköhlen. Een beten Regen in de Schoh, een rusige Wind üm de blote Hals, orer du steihst jichens wo in de Toch – un bumms büst du krank! Morbus, seggt de Dokter. Dat heet, du hest 'n Krankheit. *Morbus mips*, dat heet, du hest di de *Mips* haalt!

Ik heff dat güstern al markt, dat mit Meta wat nich stimmt.

Se trock sik een dickwullige Rullkragenpullover an, kroop ümmer neger an de Heizung ran un ehr Stimm klung al ganz heesch. Meist so, as harr se een Rieviesen in de Hals.

„Mi deit de Hals so weh!" kröchel se ok al un müss hosten. Ehr Stimm klung so richtig mipsig un se seeg ok al so mipsig ut!

„Sühst du!" segg ik besorgt. „Ik heff mi doch al sowat dacht: Du hest de Mips!"

„Oha", kiekt Meta mi ut verquolln Ogen an, „is dat wat Leges, – orer wullt du mi blots bang moken?"

„Nee nee, dat is so mit de Mips. De springt di ümmer toeerst an de Hals un dat deit weh! Over dor höllt he ja meisttiets nich mit op, de dore Sleef, he grippt ok foorts na de Nees un na de Lung un denn büst du richtig krank!"

Un as ton Bewies füng mien Meta wedder an to hosten un de Nees de leep ok al.

Ik nehm een schöne warme Wulldeek her, heff de arme Mips-Kranke dormit inwickelt un heff ehr in de Sofaeck sett: „So mien Deern, hier bliev man schöön sitten un pleeg di. Ik mook di in de Köök gau een stevige Flederbeergrog, dat du örnlich int Sweten kümmst. Schasst mol sehn, morrn kiekst du al wat klarer ut de Ogen!"

Flederbeergrog is ja wat Feines! Ik heff em goot afsmeckt un mi bi de Gelegenheit ok foorts sülm desinfizeert. Ik jedenfalls heff mi dor buten in de Köök recht krall föhlt un unse lüttje Dackel Schorschi de much de swatte Saft ok un hett jede Placken, de ik överkleckert harr, schier un rein vun de Footborrn aflickt.

Over as ik mit de dampende Grog in de Stuuv rin kaam, dor sitt mien Meta in ehr Sofaeck un will sik jüst een Zigarett anfengen!

„Wat is dat denn? Wullt du de Mips utrökern?“ roop ik un harr meist de Flederbeersaft falln laten. „Du hest doch al Hosten noog, dor bruukst du doch nich ok noch bi natohelpen!“

Un süh dor: Bi de eerste Tog ut de Glimmstengel kreeg se ’n deeprote Kopp un een Hostenanfall, dat se mi meist stickt weer!

Ik heff ehr gau de Arms hoochbööört un op de Rüüch kloppt, dat dat aten een beten wat lichter woor. Un denn füng se an to jammern, wo slecht ehr dat geiht. – Ja ja, eerst sticken un denn stöhnen!

Over bring du mol een Süchtige vun sien Gift af. Man de hitte Flederbeersaft de weer nu doch ganz goot för dat strapazeerte Halslock.

Meta wull nu ok nümmer wedder een Zigarett anfaten, wenn se de dore lege Mips man eerst achter sik hett, nee, nümmer wedder. Dat hett ehr nu even reckt! „Dor künn man ja bi sticken un denn doot blieven! Nee, nix geiht över frische Luft. Mook man dat Finster op, dat wi dor ’n beten vun afkriegt!“

Nu kiek sik dat blots een an! Jüst even qualmt se noch de Stuuv vull un nu will se frische Luft! Un ik mutt doran denken: Wenn wi op de Diek spazeren gaht an de See, – jüst wegen de gesunne Luft –, denn mutt bito ok noch een vun de verdüvelten Zigaretten mang de Fingern glösen!

Veele Mannslüüd hebbt ja mit de Tiet al markt, dat se sik mit de Toback sülm ümbringen doot. Over meist jede drütte junge Fru löppt dor buten mit 'n Sargnagel mang de spitzen Fingern rüm!

Wenn dat de Emanzipatschoon is, dat se sik nu ok noch alleen vergiften wüllt, denn stimmt dor viellicht de Kurs nich ganz!

Meta jedenfalls leeg nu eerstmol fast un ik glööv, dat se ok morrn woll noch int Bett blieven mutt, üm ehrn Mips uttokureern. Ik warr ehr mit Flederbeersaft dorbi helpen.

Un wenn se dormit dörch is, denn hett wiss de Mips ok mi bi de Hals.

Denn ward Meta mi plegen. Mit de Toback heff ik ja wenigstens keen Noot mit!

Ik freu mi over nu al op de Flederbeergrog!

EEN BÜX MIT SPEELRUUM

Hüüttodaags is dat ja so, dat een Jung Jeans an de Been hem mutt.

Dat gifft egentlich ok gornix anners, denn Vadder un Modder loopt ja ok al vun lütt op an in de dore praktische amerikaansche Büxen herüm. Nich mol Sünndaags ward se afleggt, üm ok mol Fierdagskledaasch antotrecken, so, as dat fröher Mood weer. Vör dortig, veertig Johren.

Domaals weer uns Uwe noch lütt. De Sommer weer jüst vörbi, as sien Modder meen', dat he vör de ruusige Harvsttiet egentlich mol een schöne, stevige Ledderbüx kriegen schull.

Se denn ok een Dag mol los mit em to Stadt.

Ledderbüxen weern noog dor un bi't Anprobeern weer ja een schöner as de anner. So kreeg he denn een ut feine, gröne Ledder un mit echte Hirschhoornknööp.

Un denn noch 'n poor leddern Dragbänner dorto, dat he de Büx ok nich verleern dä, wieldat sien Modder dat Tüüch ümmer op Towass kopen deit. Dat schall ja ok 'n beten wat länger holen un son Ledderbüx de höllt ja ok wat ut.

Oma hett ok al ümmer seggt: „Een Büx mutt Speelruum hem! Dor schall he sik ja in rögen köön, he wasst dor ja sünst veel to gau herut!" –

Uwe seeg ok reinweg staatsch ut mit dat niege Stück. Un so marscheer' he denn ok foorts dörch dat Dörp na Buur Jöns sien Klaus hen. He müss sien Schoolkolleeg doch de niege Büx wiesen.

Klaus bewunnert de blanke Pracht ok örnlich vun alle Sieden un fraagt denn, wat de schöne Büx woll ok dat Versteekspeeln op de Heubööön utholen deit.

„Utholen deit se dat ja wiss", meent Uwe, „man mit de niege Büx dörf ik nich!" –

„Ach wat, dat mookt een Ledderbüx doch goor nix ut! Kaam man röver na de Stallböön, nu to de Harvst is he vull bet boven hen!“ antert Klaus un geiht al vörut. – Uwe besinnt sik noch. Over son vulle Heuböön weer ja to verlockend. Man kunn so schöne lange Tunnels buun un ant Enn denn noch ’n Höhl anhangen! – Blots Modder wull dat jümmers nich insehn. Se harr dor ja ok bannig Arbeit mit, all de Spiern ut dat Tüüch ruttopulen un de Stöff uttokloppen.

„Ach wat!“ wischt lütt Uwe de swatten Gedanken weg un löppt Klaus na. „Denn puul ik de Spiern even naher sülm rut, denn markt se dat gor nich!“

Un bald juucht un woogt dat dörch de grote Schüün.

– – Mit ’nmol kümmt dor ’n weenerliche Stimm ganz achtern ut de Eck herut: „Kaam gau mol her, ik kann mien Büx nich finn’!“ –

„Dien Büx?“ lacht Klaus. „Hest du de denn nich an?“

„Nee“, weent Uwe, „ik harr so veel Heuspiern in de Ünnerbüx, de stoken mi so int Fell. De wull ik jüst rutpuuln un nu – un nu –, nu kann ik ehr nich mehr wedderfinn, – nu sünd se alle beide weg!“ –

Wenn dat nich sien Fründ west weer, denn harr Klaus meist lachen müsst, as he Uwe dor so truurig sitten seeg mit de blote Achtersten.

Op de Ünnerbüx harr man to Noot ja noch verzichten kunnt, over ok de schöne nüe Ledderbüx bleev verloorn, soveel as se ok dat Heu dörchwöhlen dään.

Uwe weer rein vertaagt un leet de Kopp hangen.

Un as dat op Avendbrootstiet to güng, dor müss Fründ Klaus na sien Modder hen un een anner Büx halen, wieldat de arme Jung ja nich mit de blote Steert dörch dat Dörp lopen kunn.

„Wat?!“ – sloog Uwes Modder de Hannen över de Kopp

tosomen. „De niege Büx? Is ja woll nich de Möglichkeit! De verdreihte Bengel! Ik heff doch seggt, he schull nich int Heu spelen! Ne ne, een anner Büx kriggt he nich! Laat em man so kamen as he is!" –

Klaus trook bedrüppelt wedder af, üm Uwe de slechte Naricht to överbringen.

Un denn duur dat nich lang, dor kunn' de verbaasten Dörpslüüd uns lütt Uwe de Straat entlang kamen sehn. De Ogen scheneerlich daalslaan un mit 'n grote Kantüffelsack üm de Buuk!

De Ledderbüx over bleev verswunn. Bet een Dag anner Fröhjohr, as dat Heu in de Schüün op de Rest güng.

Dor harr Klaus sien Vadder miteens son harte, gröönschimmelige Pell op de Forkentinken, as he dat Fooder för de Köh dörch de Böönluuk smeet. Rüken dä dat as 'n ole Stevel un as he sik dat Deert bi Daglicht bekeek, dor füll em ok lütt Uwes Büxendrama vun verleden Harvst wedder in. Man de *dore* vergammelte Pell de weer as Büx nich mehr to bruken. De weer blots noch goot för de Misshupen achter de Hoff!

OMAS GRÖÖNKOHL

Wokeen is woll nich mien Menung, dat to een richtige Winter ok een richtige Gröönkohl op de Disch hööört! Ok wenn de Winter noch nich richtig utbroken is, de Gröönkohl kann man doch al mol probeern.

Dat reckt ja al, dat dat een beten froren hett, denn Oma hett ok al seggt: „He mutt eerst Fröst kregen hem!" Ja, Oma wüss Bescheed, denn bi ehr weer Gröönkohl lange Johren dat Festeten to Wiehnachten west! Gröönkohl ut ehr Goorn, tosomen stampt mit Soltkantüffeln un mit een saftige Swiensback un Kaakwust dorbi. Un dorto geev dat een spritzige Wittwien. – Mi löppt nu al dat Water in de Mund tosamen!

Man, bi welk, een Kröger kriggst du dat hüüttodaags?

Oma is ja nu al lang doot un so sünd wi denn vun Kroog to Kroog lopen un hem uns de Spieskoorten ankeken. Glöövst du, wi hebbt een funn', de Gröönkohl anbeden dä, so as Oma em mookt harr? Soltkantüffeln geev dat överhaupt nich. Hüüttodaags eet de Lüüd ja hauptsächlich de lüttjen runden Kantüffeln, de in een beten Sucker anrööstert ward. De Gröönkohl, de liggt dor blots as son Klacks Spinaat blangen bi! De lüttjen söten Kantüffeln smeckt ja nich slecht, over dat weer ja nich dat, wat wi söchten. De hett Oma ja ok gor nich kennt.

Op een drepen wi, de harr ok blots ganz gewöhnliche Braatkantüffeln mit Sucker överstreut! – Brrr! – Sucker op Braatkantüffeln un to Swiensback un Kaakwust? – Dat is ja rein pervers!

Anstatt de schöne, saftige Swiensback, de di al vun alleen op de Tung ut 'neen löppt, geev dat bi mennigeen blots dröge Kassler to de Kohl, in de se denn statt Kantüffeln Havergrütt rin mookt harrn. Un ik glööv, de Kröger mit de suckerbestreuten Braatkantüffeln, de weer blots to fuul, de lüttjen runden Kantüffeln torecht to moken un in Sucker to röösten!

As wi nu noch een Spieskoort funnen harrn, wor du allens op eenmol kriegen kunnst, dor harrn wi al meist opgeven. De Kröger wull dat ja woll jeedeen recht moken, denn dat geev vun Swiensback over Kassler un Kaakwust bet na Lungwust un Pinkel, Röösties un överzuckerte Braatkantüffeln „allens, wat dorto höört“, – blots keen Soltkantüffeln! Bavenöver stünn ok noch: *Grünkohl wie bei Muttern!* – Dat is over sachts blots bi sien egen Modder west! Bi mien Modder harrst du sowat nich kregen! Un bi Oma ok nich! Nu mag ja jeedeen sien Gröönkohl so eten, as em dat smeckt. Orer beter seggt, so as he dat in de Eetlokalen vörsett kriggt. Wi söchten nu over jüst Gröönkohl so, as wi em bi Oma kregen harrn. Over as dat denn so is, bi dat letzte Lokaal op unse Tuur dörch de Stadt harrn wi unverwohrens Glück! Op de Koort buten in de Kassen dor stünn twors datsülvige as bi all de annern. Man de Krögersch wüss ok anners Bescheed: „Mit Soltkantüffeln tosamen stampt un mit Swiensback un Kaakwust kenn ik dat ok“, sä se. „Dat is ja egentlich dat traditschonelle Gröönkohleten hier bi uns in de Noorden. Söte Braatkantüffeln un de Wust, de se Pinkel nöömt, de kaamt ja woll ut de Hamborger un de Bremer Köök. Over wenn Se dat lever möögt, so *as bi Oma*, denn will ik Se dat geern so moken.“

– Un mit eenmol weern dor noch mehr Gäste int Lokaal, de dat ok geern so hem wulln, as se dat vun fröher her kennen dään!

Oh wat hett dat smeckt! Dor bleev nich een Spier mehr in de Schötel! Wi harrn ja ok lang noog söcht na Oma ehr Festeten: Gröönkohl mit Swiensback un Kaakwust! – *Un mit Soltkantüffeln!*

Man de Krögersch hett sik dat markt, denn anner Dag stünn dat ok buten in de Kassen anschreben!

VERÖFFENTLICHUNGEN:

Buchausgaben:

- *Kuddl Schnack*, Betrachtungen eines norddeutschen Originals, Flensburg 1991
- *All wedder geele Blomen!*, Kommedie in 3 Törns (in niederdeutscher Sprache), Westoverledingen 1994
  (UA: Schleswiger Speeldeel im Stadttheater Schleswig)
- *Kuddl Schnack weet över allens Bescheed*, Kiel 1996.
- *Nissebakke und Hälldu – Die unglaublichen Abenteuer zweier junger Wikinger*, Abenteuererzählung, Frankfurt / M., 2002.

Unselbständige Beiträge und mitverfaßte Bücher:

- *In Sleswig-Holsteen bün ick tohuus!*, Anthologie mit Geschichten über Land und Leute in niederdeutscher Sprache, Kiel 1997.
- Beiträge in der Frankfurter Edition 2001 und 2002. Dichterhandschriften des 3. Jahrtausends, Frankfurt / M. 2003.
- Reise in die Vergangenheit, in: Schleswiger Nachrichten 11 / 1996.
- *Wohr di Garr, de Buer de kümmt ...!*, in: Dithmarscher Landeszeitung 1997.
- Text in: „*Das Gedicht der Gegenwart*", Frankfurt / M., 2000.
- Text in: „*Kindheit im Gedicht*", Frankfurt / M., 2001.
  Verkaufte Exemplare: ca. 5.000

Zahlreiche Lesungen in niederd. Sprache:

„Kuddl Schnack", das norddeutsche Original.

Vortrag:

700 Jahrfeier, Busdörp op Platt, 1999; Dat Dreeangel Haithabu, Busdörp, Sleswig.